原來老外都這麼說！

漫畫圖解英語通

冠詞用法
超速成！

前言

在英文的詞性中，「冠詞」被認為是難度最高的詞性，在沒有冠詞概念的台灣人眼中絕對是個難纏的勁敵。

老外有時也會因為只有「不定冠詞」、「定冠詞」、「無冠詞」這三種的冠詞而傷透腦筋，有時也會因為該選用哪種冠詞而產生意見分歧。

台灣人常因為選錯不具意思的冠詞，導致文章的意思變調或是無法完整地表達內心的想法。

「第一次出現的名詞要加上 a/an，之後再出現要加上 the」應該是台灣人首先要記住的規則。冠詞雖然虛無飄緲，但其實也有其規則，一開始不需要全部背下來，先了解基本的規則，再以直覺慢慢學會即可。

本書由四部分組成，包含「不定冠詞」、「定冠詞」、「無冠詞」這三類冠詞的使用規則，以及 some 或 any 這類非冠詞的「限定詞」。請大家跟著這些有趣的小夥伴學習基本規則，然後再參考深入理解的例句，最後請在說、讀英文的時候注意這些冠詞。這些日積月累的知識，終將成為你的實力。

You can do it！(你一定辦得到！)

David A. Thayne

登場人物介紹

湯尼

麥可打工的英文補習班老闆。個性沉穩，對麥克的調皮行為十分頭痛。

島田

與翔太同一間公司的菜鳥。有點少根筋，常在公司內引起騷動，但本人倒是毫無察覺。

公司

凱薩琳

暱稱凱特（Kate）。與翔太在同一間公司工作，是位溫柔的英國女性。原本在國外出差，後來與翔太一起回台灣。

山田家

麥可

暱稱麥麥（Mike），寄宿在翔太家的美國人。不知道英語會話補習班的工作習慣了嗎？

翔太

正在學英語的上班族。之前在國外出差，後來回到台灣。正努力指導菜鳥島田。

大學

約翰

與葵念同一所大學的英國留學生。與葵的戀情一直未有進展，此時丹尼爾的出現會不會形成三角關係呢？

葵

翔太的妹妹，是夢想到美國留學的大學生。目前在咖啡廳打工，對新進的丹尼爾一見鍾情。

打工

丹尼爾

剛進入葵打工的咖啡廳的英國人。會不會因為葵而與約翰成為情敵呢？

3

目錄

PART 1　不定冠詞的使用規則　　19～75

PART **2** 定冠詞的使用規則

77～141

本書使用方法

這是一本用漫畫告訴你老外都是以什麼樣的感覺使用冠詞，讓你快樂學習英文的書籍。

2 **不定冠詞**

加上 a / an，代表還有同類的東西

讓我們一起學習如何表達同種類或不同種類的物品。

24

首先要確認規則！

一起來確認這一課解說的規則吧。本書共介紹 **48** 個與冠詞、限定詞有關的規則。

透過漫畫快樂地學習

透過翔太與同伴之間的互動來學習冠詞規則。

熟悉微妙的語氣！

搭配插圖詳盡解說冠詞的使用方法與差異。

看看哪裡不一樣！

We worked really hard to make **a plan**.

我們努力寫了一份企劃書。

盡管造句「我們努力寫了一份企劃書」有特定的語氣，但有時使用的不是the，而是 a / an。這裡出現的 a plan 可說是眾多企劃書裡的其中一個。There's a cat on the roof.「屋頂上有隻貓」的 a 也不是特定的貓，只是單純地指稱屋頂上的某隻貓而已。

This is **the plan**
I wrote last night.

8

the

深入理解！

學會「還有同種類東西」的
不定冠詞的使用方法

- This is **a** picture I took in Italy. `a/an`
- This is **the** picture I took in Italy. `the`

這是在義大利拍的照片。

這是（那張）在義大利拍的照片。

不管是哪一句，都省略了 picture 後面的關係代名詞（目的格）的 that。a picture 雖然與「是我在義大利拍」的修飾句有關，但此時的 a picture 指的不是特定的照片，而是「這是我在義大利拍的多張照片的其中一張（one of many pictures）」的意思。

如果是下面的 the picture 句子，則是指特定的某張照片，而這句英文的意思是「這是我在義大利拍的唯一一張照片」。此外，若寫成 the pictures，則有「某組特定照片」的意思，可說成 These are the pictures I took in Italy.「這些是我在義大利拍的照片」。

> **更豐富的表現能力！**
>
> 以淺顯易懂的方式說明冠詞造成的語氣差異與意思。

> **透過視覺圖解加深理解！**
>
> 挑配視覺圖解閱讀內文，可進一步了解內容。

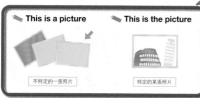

- This is a picture — 不特定的一張照片
- This is the picture — 特定的某張照片

26

LESSON **2**

非常實用！道地的一句話

... **just a draft.** `a/an`

這只是草案而已。

我們在寫 report（報告）的時候，一開始都會先寫 draft（草案）吧。This is just ～有「這不過是～／這只是～」的意思。draft 是可數名詞，所以需要加上冠詞，而這裡的草稿指的不是特定的東西，只是 one of many 的意思，所以冠詞會是 a。

此外，在表達自己的意思時說 This is just a guess. 可強調「這只是靈機一動的想法」的語氣，背下來，日後就能隨時應用。

> **寓教於樂的重點專欄**
>
> 於重點專欄介紹冠詞的各種表現方式。

利用猜謎複習學過的內容

這時候該怎麼數數？介紹各種數量的表現方式

介紹可以用在日常生活中的慣用語

> ### 用冠詞 **表達數量**
>
> **a ball of yarn**
> 一球毛線球
>
> 在織毛線的人腳邊常會有一籃放毛線球的籃子。或許毛線球可拆成一條可數的毛線，但實際上不太可能真的拆開，毛線都會做成「ball（毛線球）」再使用，即使說成 a ball of ～、two balls of ～，接在後面的毛線也一定是寫成 yarn，絕對不會加上 s。

27

9

加上不定冠詞的名詞

a / an 通常是指一般的東西，但有時也會出現例外，有時也會用於將兩個以上的單字當成一組的情況。讓我們一起確認這類使用方法與規則吧。

介紹帶有冠詞的名詞

介紹帶有不定冠詞、定冠詞、無冠詞的主要名詞，也學習冠詞的例外用法。

指一般的東西

有些名詞必須加上定冠詞或不需要冠詞，但如果不是特定的事物，只是一般名詞且又是單數的話，那就得加上不定冠詞。

a serious mistake	a long day
嚴重的錯誤	漫長的一天
an English test	a box of books
英文考試	放書的箱子
a quick question	a married couple
簡單的問題	夫婦

加上不定冠詞的例外

在「國家」「都市」這類通常不需冠詞的單字加上修飾語，或是在專有名詞加上不定冠詞，有時可表達「像一這樣的人」的意思。

a clean Japan
乾淨的日本
a fantastic fall
美妙的秋天

將兩個以上的單字當成一組使用的情況

例如 cup 與 saucer 雖然是個別獨立的名詞，但是將杯子與茶盤當成一組看的時候，就能跟成 a cup and saucer 這種單數的句子。

a mother and (a) father
父母
a fork and (a) knife
叉子與刀子

因為冠詞而意思改變的詞彙

有些名詞會因為冠詞的種類而改變意思，接下來就為大家介紹一些具代表性的名詞。本書介紹的例句都寫在參考頁面。

beauty 美麗	a beauty 美人
● I like your sense of beauty.	
■ She's a beauty, but she's not very polite.	
● 我喜歡你的美感。	
■ 她是美女，但不太有禮貌。	

change 零錢	a change 變
● I can make change for you.	
■ I can make a design change.	
● 我把零錢給你。	
■ (設計)可以變更。	

介紹因為冠詞而改變意思的詞彙

最後介紹意思因為冠詞而改變的詞彙。有時候意思會因為有無冠詞而全盤改變，要特別注意喲。

class 課程	the c... 班級
● He's in class right now.	
■ He's talking to the class right now.	
● 他在上課。	
■ 他正在跟班上的人說話。	

glass 玻璃

● This doll is made ...
■ Bring me a glass ...

● 這個人偶是玻璃做的。
■ 請拿一杯水給我。

in a wa... 某種意思

● He's a good teac...
■ He gets in the wa...

● 就某種意思而言，他是...
■ 他擋住我的路了。

life 命

...pri
...ha
...神祕
...為止沒救

...unch 午餐

...e lunch.
■ Let's have a lunc...

● 一起吃午餐吧。
■ 一起午餐聚會吧。

冠詞分成不定冠詞、定冠詞、無冠詞，接下來介紹這些冠詞的功能以及核心概念。

沒有「冠詞」就無法溝通…

This is pen.

這是筆。

之前說的筆

像筆的東西？

一枝筆

有「冠詞」才能表達意思！

This is **the** pen.

這是那枝筆。

之前說的筆

快翻到下一頁，
確認這些冠詞的核心概念！

不定冠詞 的 核心概念

a/an

加在首次出現的
單數名詞上

提到「首次出現在話題的一本書」的時候,可使用 a 來表示眾多書裡的某一本。

表示特定的東西

This is **a picture** I took in Italy.

這是在義大利拍的照片。

→ P24

營造完整感

I ate **a cake** after dinner.

晚餐後，我吃了整個蛋糕。

→ P32

強調輪廓

Would you like **an apple**?

吃顆蘋果好嗎？

→ P36

營造特別感

I had **a dinner** at the White House.

我參加了白宮的晚餐聚會。

→ P44

定冠詞

的

核心概念

the

加在
特定的名詞上

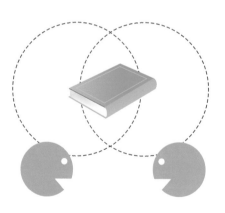

會話時，對於已經提過、或是和對方已有共識的東西可使用 the。

指稱具有共識的東西

Where's **the platform** for Tokyo?

往東京方向的月台在哪裡呢？

P78

表達獨一無二的東西

the sun
太陽

the moon
月亮

the earth
地球

P82

用於表現最高級時

I'm **the happiest** in the group.

我是團體之中最幸福的。

P90

代表集合名詞

help

The needy require our help.

貧困的人需要我們的援助。

P98

無冠詞 的 核心概念

| ⊗ | 代表沒有輪廓、
模糊的東西 |

要指稱沒有形狀、輪廓或模糊的東西時，不需要加上 a/an、the，以無冠詞的方法指稱即可。

表示方法

I can go to the shopping mall **on foot**.
我可以徒步走去商店街。

P144

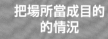

把場所當成目的的情況

He's in **church**.
他在教會。

P164

代表物質總稱的時候

I don't eat **raw fish**.
我不吃生魚片。

P168

表示職業或運動時

Let's play **baseball**.
一起打棒球吧。

P156
P176

限定詞 的 核心概念

限定詞就是賦予「冠詞」、「所有格」、「數量詞」這些名詞意義的詞彙。接下來要介紹的是冠詞之外，具有代表性的限定詞，例如「any 與 some」、「each 與 every」的差異。

any 與 some 的語氣差異 ➡ P186

any	some
前提是「沒有」	前提是「有」

Is there any mineral water?　　Is there some mineral water?

each 與 every 的語氣差異 ➡ P202

each	every
一週內的各日	一週內的每日

each day of the week　　every day of the week

18

PART 1
不定冠詞的
使用規則

PART 1 要帶著大家一邊了解不定冠詞 (a/an) 的使用實例，一邊了解不定冠詞的語氣與使用方法。就讓我們跟著翔太與麥麥一起學習吧！

不定冠詞

a / an 可加在不特定的單數名詞前面

提及統稱的「筆」時，可加上不定冠詞的 a，但如果指的是特定的筆，可加上不定冠詞的 the。讓我們先了解這兩者的差異吧。

看看哪裡不一樣！

This is **a pen**.

這是一枝鋼筆。

這裡出現的 a pen，指的是眾多「筆」之中的一枝，是一種統稱的語氣，可在表達「這 (東西) 是一枝筆」的時候使用。在 one of many「為數眾多之一」這類不需要特定某枝筆，例如問「手邊有沒有筆？」的情況，就可使用 a 這個不定冠詞。

This is **the pen**.

the

這就是 (那枝) 筆。

這裡出現的 the pen 可在對方能依照前後文脈特定的時候使用。可在表達 one and only「唯一的一個」這類語氣時使用。例如生日那天收到父親贈送的鋼筆之後，跟朋友説「這就是 (那枝) 筆喲」，對方就會了解這枝筆就是父親送的那枝筆。

深入理解！

學會「**不特定**」語氣的

不定冠詞的使用方法

That's a wedding. (a/an)

That's the wedding. (the)

那是場婚禮。

就是(那場)婚禮。

假日散步時，偶爾會看到時髦的餐廳正在舉辦結婚派對，即使對方是素未謀面的新人覺得跟著沾喜氣。這時候可說的就是 That's a wedding.。這代表這場婚禮與你無關，只是在形容這是一場平常的「婚禮」。

另一方面，若是説成 That's the wedding.「就是(那場)婚禮」，代表這跟在路上偶然碰見的婚禮不同，是説話者與聽話者都能特定的某個人的婚禮。所以若説成 That's the wedding，代表你會出席的婚禮會場或知名人物的婚禮，而這場婚禮也是獨一無二，one and only 的意思。

That's a wedding.

不特定

That's the wedding.

特定

非常實用！道地的一句話

This is a headache.

這個是頭痛的原因。／這讓我頭痛。

This is a headache. 是「這是我頭痛的原因／我的煩惱」、「這讓我頭痛」的意思。由於「頭痛」是可數名詞，所以要加 a。其他會加 a 的名詞還有 a cold「感冒」、a stomach ache「肚子痛」。

有些疾病會加 a 或 the，有的則什麼都不加，但是連老外也只是憑感覺使用，所以有可能會讓人覺得不容易理解。

Quiz

It's a piece of cake. 是什麼意思？

A 一塊蛋糕。

B 小事一樁。

聽到「你要吃多少蛋糕」而回答 A piece of cake.「一塊蛋糕」時，當然是在回答蛋糕的數量，但除了這個情況之外，a piece of cake 有「小事一樁」，也就是「易如反掌」的意思，所以有人拜託你的時候，也可以這麼回答喲。

[答案]：B

23

不定冠詞

加上 a / an，
代表還有同類的東西

讓我們一起學習如何表達同種類或不同種類的物品。

看看哪裡不一樣！

We worked really hard to make **a plan**.

我們努力寫了一份企劃書。

盡管這句「我們努力寫了一份企劃書」
有特定的語氣，但有時使用的不是
the，而是 a / an。這裡出現的 a plan
可説是眾多企劃書裡的其中一個。
There's a cat on the roof.「屋頂上
有隻貓」的 a 也不是特定的貓，只是
單純地指稱屋頂上的某隻貓而已。

This is **the plan** I wrote last night.

這是（那份）我昨晚寫的企劃書。

這裡出現的 the plan 可利用 (that)
I wrote last night 這類修飾句特定。
此時暗示著這是我昨晚寫的企劃書，
而且「別無其他」。像這樣加上修飾句
就能特定，所以只要不是「眾多之一」
這種説法，都可以加上 the。

25

深入理解！

學會「還有同種類東西」的 不定冠詞的使用方法

This is a picture I took in Italy.

This is the picture I took in Italy.

這是在義大利拍的照片。

這是（那張）在義大利拍的照片。

不管是哪一句，都省略了 picture 後面的關係代名詞 (目的格) 的 that。a picture 雖然與「是我在義大利拍」的修飾句有關，但此時的 a picture 指的不是特定的照片，而是「這是我在義大利拍的多張照片 的其中一張 (one of many pictures)」的意思。

如果是下面的 the picture 這句，則是指特定的某張照片，而這句英 文的意思是「這是我在義大利拍的唯一一張照片」。此外，若寫成 the pictures，則有「某組特定照片」的意思，可説成 These are the pictures I took in Italy.「這些是我在義大利拍的照片」。

This is a picture

不特定的一張照片

This is the picture

特定的某張照片

非常實用！道地的一句話

This is just a draft.

這只是草案而已。

我們在寫 report（報告）的時候，一開始都會先寫 draft（草案）吧。This is just ～有「這不過是～／這只是～」的意思。draft 是可數名詞，所以需要加上冠詞，而這裡的草稿指的不是特定的東西，只是 one of many 的意思，所以冠詞會是 a。

此外，在表達自己的意思時說 This is just a guess. 可強調「這只是靈機一動的想法」的語氣，背下來，日後就能隨時應用。

用冠詞
表達數量

a ball of yarn
一球毛線球

在織毛線的人腳邊通常會有一籃放毛線球的籃子。或許毛線球可拆成一條可數的毛線，但實際上不太可能真的拆開，毛線都會做成「ball（毛線球）」再使用。即使說成 a ball of ～、two balls of ～，接在後面的毛線也一定是寫成 yarn，絕對不會加上 s。

不定冠詞

加上 a / an 代表職業

要說明醫師、律師、上班族這類職業時，可利用不定冠詞加以表現。職業是一種總稱，加上不定冠詞之後，就變成「～的其中一員」的意思。

看看哪裡不一樣！

He's **a doctor**.

他是醫師。

這個情況的 a doctor，與第 1 課的 This is a pen. 說明的筆一樣，都是一種總稱，指的不是「一位醫師」，而是「某種職業」。He's a lawyer.「他是律師」這種說明職業以及 I'm an employee of ABC.「我是 ABC 公司的員工」的情況都可使用這種不定冠詞。

He's **the doctor**.

他才是醫師。

說成 the doctor 時，指的不是職業而是特定的人物。例如被問到 Are you a doctor? 可回答 No, I'm not. He's the doctor.「我不是醫師，他才是醫師」。此時的 the 有「這位才是」的意思，讓人明白另一位才是醫師。

深入理解！

學會「**說明職業**」的
不定冠詞的使用方法

✏ **Mr. White is a teacher.**

✏ **Somebody, call the doctor.**

✏ 懷特先生是老師。

✏ 來人啊，快幫忙請醫師來。

第一句的「懷特先生是老師」的 a 是代表職業的不定冠詞，例如 She's a police officer.「她是警官」也是一樣，比起一般的警官 (one of many)，更是在表達「警官」這個職業。

第二句則是描述某個人昏倒，需要「立刻請醫生來」的情況。此時的 the doctor 指的是家庭醫師或專科醫師，是一種限定的說法，所以不能使用意思為「職業」或「非特定」的 a 而是要用 the。

● 代表職業的名詞

animator	動畫師	driver	駕駛
artist	藝術家	journalist	記者
astronaut	太空人	navigator	航海學家
cook	廚師	scientist	科學家
designer	設計師	singer	歌手
director	電影導演	translator	翻譯家

非常實用！道地的一句話

I'm in medicine.

我是醫療從業人員。

I'm a doctor.「我是醫師」、I'm a pharmacist.「我是藥劑師」的 a 都是代表職業的不定冠詞。不過，若不想說得太明白，只想說成「我是醫療從業人員」的話，可使用 in，說成 I'm in medicine.，代表在「該領域」服務。medicine 有「醫學／醫藥」的意思，而兩者都是不可數名詞，所以用來說明某個領域時不需加冠詞。

用冠詞
表達數量

a pair of glasses

一副眼鏡

因為鏡片有兩個，所以要以 a pair of ～的方式算成一個，跟 a pair of shoes 的原理一樣。不可思議的是牛仔褲的數量也是說成 a pair of jeans，褲子則是用 a pair of trousers / pants 表達。

不定冠詞

a / an 代表整個

a 有一整塊、一整個的意思。某些使用方式會營造出人意表的印象。

看看哪裡不一樣！

▶ I'd like to eat **a chicken**.

我想吃整隻雞。

a / an 有「一個」的意思，所以有時候會因為前後文而出現「一整個」的語氣。明明「吃了雞肉」卻說成 I ate a chicken.，會讓聽到的人以為你吃了放在盤子上的「一整隻雞」，給人一種狂野的感覺。

▶ I'd like to eat **chicken**.

我想吃雞肉。

沒有冠詞的 chicken 指的是食材的「雞肉」，例如香煎雞肉、棒棒雞、炸雞這類與形狀無關的料理所使用的雞肉，換言之，就是我們日常生活當成食材使用的「雞肉」。I like chicken. 則是「我喜歡吃雞肉 (的料理)」的意思。

深入理解！

 學會表示 「 **一整個** 」 意思的
不定冠詞的使用方法

I ate a cake after dinner.

I ate cake after dinner.

晚餐後，我吃了**整個蛋糕**。

晚餐後，我吃了蛋糕。

原本是要大家一起分著吃，結果卻説成意指整個蛋糕的 I ate a cake after dinner. 那可就糟糕了，因為這可是「一個人吃了整個蛋糕」的意思。此時的 a 有 whole 的意思，所以 a cake 是「整個蛋糕」的意思。這肯定會讓大家失望的。

若只是想説吃了蛋糕，只需要説成 I ate cake. 即可。不過，若想説得更清楚，想説成「吃了一塊蛋糕」，可説成 I ate a piece of cake.，也會讓人想到從整塊蛋糕切下來一塊蛋糕與剩下的蛋糕。若不想招致誤會，説話的時候可千萬要注意不定冠詞的使用喔。

ate a cake

整個蛋糕

ate cake

一塊蛋糕

非常實用！道地的一句話

Beef or chicken?

要點牛肉？還是雞肉呢？

坐飛機的時候常聽到 Beef or chicken?「要點牛肉還是雞肉呢？」，此時說的是食材，所以當然不需要冠詞。

不過 My salary is just chicken feed. 的情況又如何呢？此時說的不是料理，而是「我的薪水少得可憐」。chicken feed「雞飼料」是散散的，屬於不可數的情況，所以不需要冠詞。

用冠詞
表達數量

a loaf of bread

1斤的麵包

bread 指的是分切之前的狀態。a loaf 是「一整塊」➡「1斤」的意思。2斤的話，可說成 two loaves of ～。奶油麵包、小圓麵包、甜甜圈都是可數的名詞，所以可分別說成 a roll、a bun、a doughnut 的說法。

5

不定冠詞

加上 a / an，
輪廓會變得更清楚

單一的個體加上 a 會讓輪廓或形狀變得更清楚，若不加 a 則會使形狀變得模糊，使用時要特別注意。

看看哪裡不一樣！

There's **a banana** in my bag.

我包包裡有1根香蕉。

加在可數名詞的單數是 a / an，所以這時候説的是包包裡有 1 根香蕉。此外，這裡的 a 有「一整個形狀／輪廓／固體」的意思，換言之，a 能代表看得出形狀的單一物體。

There's **banana** in my bag.

我包包裡有爛掉的香蕉。

a banana 雖然代表「看得出形狀／輪廓」的意思，但是沒有 a 的無冠詞 banana，則失去數量的感覺，也就是只剩下不成形的香蕉➡「爛爛的香蕉」的意思。這跟沒有輪廓與形狀的東西如 wind「風」、air「空氣」、water「水」沒有冠詞是一樣的道理。

深入理解！

學會「強調輪廓」的
不定冠詞的使用方法

Would you like an apple?

Would you like apple?

吃顆蘋果好嗎？

蘋果口味的好嗎？

拿著蘋果問 Would you like an apple?「吃顆蘋果好嗎？」的時候，預設是要給對方一整顆蘋果。不定冠詞的 a 會在單字的第一個字母為母音的時候變成 an。順帶一提，要說「一塊蘋果」時，可說成 a slice of an apple。

另一方面，站在各種口味的冰淇淋前面時，以 Would you like apple? 這種無冠詞的 apple 詢問，代表沒有整顆的蘋果，也就是沒有原本形狀的蘋果，換言之就是在問 apple-flavored ice cream「要不要吃蘋果口味的冰淇淋？」的意思。

an apple

apple

vanilla   apple   orange

> 有整顆的感覺

> 沒有整顆的感覺

非常實用！道地的一句話

He's the top banana.

他是最重要的人物。

a top banana 有「最重要的人物／主角」的意思。這句話的來源眾説紛云，一説認為早期的觀眾會在主角或喜劇演員表演得很精彩時，給予香蕉當獎勵。

這句話的意思是 He's the most important person.，所以指的不是 one of many，而是特定的某個人，所以要使用 the 這個冠詞。

Quiz

（　）裡該放入什麼冠詞？

There's（　）egg on the floor!
雞蛋掉在地上破掉了！

雖然大喊「啊」的一聲，但一切為時已晚。請大家想像一下掉在地上破掉的雞蛋。雞蛋肯定破得不成形狀，一整片攤在地上了吧。這種沒有具體輪廓的雞蛋是無冠詞的 egg。不過，如果發生奇蹟，雞蛋還保有原本的形狀，就可説成 an egg。

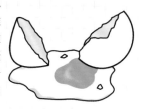

[答案]：無冠詞

6

不定冠詞

加上a / an就成為
具體成形的東西

某個東西是「物質」還是「具體成形」，可利用不定冠詞的有無改變聽話者對該東西的印象。

看看哪裡不一樣！

Bring me **a paper**.

拿報紙來。

這時候的 a paper 指的是有具體輪廓的「紙」➡「報紙」。雖然報紙是由很多張紙組成，但總稱是「報紙」，所以說成 a paper 就是「(雖然是由好幾張紙組成的) 1 份報紙」。此時請理解成「什麼報紙都好，總之拿 1 份來」。

Bring me **paper**.

拿紙過來。

這種無冠詞的 paper 指的就是「紙」，換言之，就是在說總稱的「紙」，所以若說成 Bring me paper to draw a map on. 或 Bring me a piece of paper to draw a map on. (拿紙過來畫地圖)，當然就是請你拿紙過來。

深入理解！

 學會「**表達具體事物**」的
不定冠詞的使用方法

I think I'll have a beer.

I think I'll have beer. ⊗

我要喝杯**啤酒**。

我要喝**啤酒**。

雖然上述兩句英文都可翻成同樣的中文，但是有沒有不定冠詞，會讓語氣稍微不同。beer 雖然是不可數名詞，但説成 I'll have a beer. 代表點的是有輪廓的啤酒，換言之點的是裝在玻璃杯或啤酒杯裡的「1 杯啤酒」。

説成沒有 a 的 I'll have beer. 指的是沒有輪廓、形狀模糊的啤酒，也就是「想喝啤酒」的語氣，與 a beer 相較之下，啤酒本身的感覺更為強烈。

a beer

(1杯的) 啤酒

beer

啤酒本身

非常實用！道地的一句話

I have a lot of paperwork to do.

我有很多文書工作要做。

行務性質的「文書工作」的英文是 paperwork。paperwork 指的是從這裡到那裡這種沒有輪廓的「業務／工作」的形狀，是不可數的，所以屬於不可數名詞。

即使不可數，卻能測量數量。可用來代表不可數名詞數量的是 much 而非 many，能同時用來代表可數名詞／不可數名詞數量的是 a lot of 〜。

用冠詞
表達數量

a bundle of paper
一梱紙

paper 屬於不可數名詞，若是可數，就會說成 a piece of 〜，不過一梱紙的說法則是 a bundle of 〜。這是用繩子在中間打個結，將紙綁成一梱的概念。此外，也有 two bundles of letters 這種將可數名詞數成幾梱的說法。

7

在不可數名詞加a / an，會有特別的意思

a lunch 代表特別的午餐，沒有冠詞的 lunch 則是總稱的午餐。我們日常所說的都是無冠詞的 lunch。

看看哪裡不一樣！

Let's have **a lunch**!

一起來個午餐聚會吧。

這種加了 a 的 lunch 不是單純的午餐，而是一邊吃飯，一邊聽某個人演講或看影片的「特別午餐聚會」。若說成 I had a big lunch today.「今天吃了很多午餐」這種加了形容詞的說法，則代表某一次的午餐，所以會加上 a。

Let's have **lunch**!

一起吃午餐啊。

用來形容「吃午餐」的說法就是沒有加冠詞的 lunch。lunch「午餐」或 dinner「晚餐」都是三餐的總稱，是當成不可數名詞使用。想對同事說：「今天要不要一起吃午餐」的時候，不妨使用 How about lunch with us? 這種無冠詞的說法。

深入理解！ 進階應用

學會「表達特別意義」的
不定冠詞的使用方法

I had dinner at the White House.

I had a dinner at the White House.

我在白宮吃晚餐。

我參加了白宮的晚餐聚會。

一般而言，用餐都會以無冠詞的方式表示，所以說成 I had dinner at the White House. 代表只是在白宮吃完晚餐，而這裡的晚餐是不具任何特別意思的晚餐，所以這句話很可能是美國總統形容每天晚餐的台詞。

不過若說成 a dinner 則有「特別的晚餐」這個意思，有可能這次的晚餐是總統會出席，然後在用餐時進行演講的晚餐聚會。此時的 a 就有「特別」的意思。

had dinner

平常的晚餐

had a dinner

特別的晚餐

46

非常實用！道地的一句話

Let's grab lunch.
要不要迅速解決午餐。

使用 grab「抓／抓取」的 grab lunch 有「迅速解決午餐」的意思，若想說「隨便吃個飯」可使用有「咬一口／吃一口」意思的可數名詞 bite，說成 grab a bite。此時有簡單吃一口的感覺，所以會加上代表 one of many 的 a。若想說「我去拿啤酒來」，則可說成 I'll go grab a beer.。

Quiz

（ ）裡該放入什麼冠詞？

I was on（ ）edge of my seat.
心中很恐慌忐忑。

從「我坐在座位的邊緣」這句話得知，坐的人坐得非常前面。此時的邊緣是「我的椅子」的邊緣，所以要加上 the。此外，若說成無冠詞的 I was on edge. 則是在說形狀很模糊，沒有具體輪廓的「邊緣」，也就是「很煩燥」的意思。

[答案]：the

8 不定冠詞

在集合名詞加上 a / an，就有其中一個的意思

在很多個東西組成的集合體加上不定冠詞的 a，就有「其中一個」的意思。

看看哪裡不一樣！

▶ You have **a gray hair**.

你有一根白頭髮。

hair 是一根根頭髮的集合名詞，所以像例句般加上 a，就有「一根頭髮」的意思。gray hair 是「白頭髮」的意思，所以例句是在說對方的頭上有一根白頭髮。順帶一提，若說成 He has a split end. 則有「他有根分岔的頭髮」的意思。

▶ He has **gray hair**.

他有一頭白髮。

無冠詞的 gray hair 代表的是由一根根白頭髮組成的集合體，也就是一頭白髮的意思，所以此時也屬於不可數名詞。這跟 money 的情況一樣。money 指的是統稱的「金錢」，所以是不可數的，能數的充其量是紙鈔或硬幣。

深入理解！

學會「其中之一」的
不定冠詞的使用方法

How many types of fish are in your tank? ⊗

He was like a fish out of water yesterday. (a/an)

你的水族箱有幾種魚？

他昨天像是跳出水面的一隻魚。

fish「魚」是集合名詞，所以要問水族箱有幾種魚要利用 types「種類」賦予複數的意思。若說成 Japanese Taiwanese people like raw fish.「日本人、台灣人喜歡吃生魚片」，代表指的不是特定的魚，而是集合名詞的所有魚類。

下面一句的 like a fish out of water「跳出水面的一隻魚」有失去自由、無能為力的意思。此時的魚不是集合名詞，而是指一隻魚。所以在集合名詞加上 a / an，就代表其中一隻的意思。

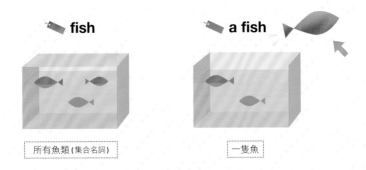

fish

所有魚類 (集合名詞)

a fish

一隻魚

非常實用！道地的一句話

Don't split hairs.

不要太執著雞毛蒜皮的小事。

「頭髮分岔」的說法是 split ends／split hair，但是 split hairs 則是「執著於雞毛蒜皮的小事／吹毛求疵」的意思。這句話有將整頭頭髮分成一根根的感覺，由於只是以頭髮來比喻，因此說成無冠詞的方式。此外也能說成 a hair-splitting argument「在雞毛蒜皮的小事上爭論」這種說法。

Quiz

（　）裡該放入什麼冠詞？

My promotion is hanging by（　）hair.
我的升遷機會猶如風中殘燭。

處在以頭髮吊著、非常危險的狀態就是「風中殘燭」的狀態。如果是整束頭髮，強度其實很夠，但如果只是一根頭髮，那麼真的有「千鈞一髮」的意思。相同意思的詞彙還有 hang by a thread（線）。

［答案］：a

不定冠詞

a / an 的後面加上複數的形容詞也只代表單數

如果 a / an 的後面只有一個名詞，那麼即使用來修飾該名詞的形容詞有好幾個，也只能代表單數。

看看哪裡不一樣！

I have **a black and white dog**.

我養了一隻黑白條紋的狗。

在 black and white 前面的 a 將 black and white 這兩個形容詞統整為一組形容詞，代表只形容一隻狗。此時的 black and white 有一隻狗有兩種顏色的意思。這跟 I bought a cup and saucer.「我買了一套的茶杯與茶盤」是相同的使用方法。

I have **a black** and **a white dog**.

我養了一隻黑狗與一隻白狗。

這句話的 black 與 white 都加上了 a，代表這個人養了 a black dog 與 a white dog，也就是兩隻狗。若要說得更正確一點，可說成 I have a black dog and a white dog.，但是英語討厭一直使用相同的詞彙，所以省略了第一個出現的 dog。

深入理解！

學會「單數」的
不定冠詞的使用方法

 **I met an author and musician.**

 **I met an author and a musician.**

我遇見一位作家兼音樂家的人。

我遇見 (一位) 作家與 (一位) 音樂家。

世界上的確有人同時擁有不同的頭銜，在不同的領域活躍，例如有的人既是作家又是音樂家、或者是既是醫師又是律師。此時的 an author and musician 代表「同時在兩個領域活躍、才氣縱橫的人」。上面的句子是指遇見在兩個領域活躍的一個人，而句中的 an 是以單個冠詞同時與兩個名詞產生關聯性。

第二句的 an author and a musician 則是遇到一位作家 + 一位音樂家，總計遇見兩位人物的意思。由於遇到的是不同的人物，所以兩個名詞各加上一個冠詞。

an author and musician

an author and a musician

一個人 (作家兼音樂家)　　　　兩個人 (作家與音樂家)

54

非常實用！道地的一句話

It's not a black and white issue.

這不是非黑即白的問題。

英文與中文一樣，也有很多與顏色有關的說法，例如「分辨黑白」就是其中之一。有趣的是，中文的「黑白」與英文的 black and white 是相同的語順，但是中文的「父母」在英文裡卻是 mother and father。

black and white 有「分辨黑白」的意思，被修飾的 issue「問題」只有一個，所以加上 a。

Quiz

（ ）裡該放入什麼冠詞？

Here lies（ A ）lawyer and（ B ）honest man.

讀解的關鍵有兩個。從 lies「睡覺／平躺」可以知道主詞為第三人稱單數。另一個關鍵是 man，從這點可解讀主詞為何。這句話的意思是「這位律師，也是誠實的人在此長眠」，也就是某位律師暨誠實的人的墓誌銘。

[答案]：A：a　B：無冠詞

10

不定冠詞

在公司名稱加上 a / an 就代表產品

在眾所周知的公司名稱加上 a / an 會有「～的產品」的意思。如果是以無冠詞的方式出現則有可能會解讀成地名。

看看哪裡不一樣！

▶ **This is a Toyoda.**

這是Toyoda的產品。

在公司名稱加上 a / an 常常代表該公司的產品。a Toyoda 的意思是 Toyoda 旗下商品之一，有 one of many 的語氣。其他還有 a Suzuki、a Yamaha 這種在眾所周知的公司名稱前面加上 a 的用法。

▶ **This is Toyoda.**

這裡是豐田(市)。

人名基本上是不需要冠詞的，所以說成 This is Toyoda. 或許會讓人想成「這位是豐田先生」，不過英語老外即使是面對公司內部的人也很少直接叫名字，所以 This is Toyoda. 在英語老外的耳朵也會聽成「這裡是豐田(市)」。

深入理解！

進階應用

學會「**產品**」的
不定冠詞的使用方法

🖋 **This is an IKEA.**

🖋 **This is IKEA.**

🖋 這是 IKEA 產品。

🖋 這裡是 IKEA。

在眾所周知的企業名稱前面加上 a / an 來表示該公司的產品已是不成文的規定。若說成 an IKEA，表示是 IKEA 公司製造的商品之一。

另一方面，若說成無冠詞的 IKEA，則代表專有名詞，也就是 IKEA 這家公司。感覺就是帶某個人到大樓之前站著然後說「這裡是 IKEA 公司」。這個專有名詞的 IKEA 到底是代表公司還是地名，取決於它是為何成為專有名詞，而這裡的 IKEA 絕對是代表公司。

此外，若想說「我是 Sony 產品的愛用者」，可說成 I love Sony.，若是說成 I'm a Sony person. 則是「我是超喜歡 Sony 的人」。

🖋 **This is an IKEA.**

產品

🖋 **This is IKEA.**

公司

非常實用！道地的一句話

I live in Toyota and I drive a Toyota.

我住在豐田市而且開 **Toyota** 的車。

基本上專有名詞不需要冠詞，所以被問到 Where do you live?「請問您住在哪裡？」的時候，可回答 I live in…。所以，就算日本全國有很多個地方都叫做豐田，只要是專有名詞就不需要加上冠詞。

再者，專有名詞 Toyota 若加上 a 則代表 Toyota 的產品，而這當然是指「車子」，所以 I drive a Toyota. 則有「我開的是 Toyota 的車」的意思。

快速記住的慣用語

He drinks like a fish.

他是酒國英雄。

直接翻譯是「他像魚一樣地喝」，而從「活在水中的魚可喝下不計其數的水」這個語感衍生出「酒國英雄」這個意思。fish 雖然是集合名詞，但這時候卻是一隻魚或「哪種魚都行」這種非限定的意思，所以才加上不定冠詞的 a。

以 a + 數量的形容詞
營造肯定的意思

就像 a little 一樣，在 little 加上 a 有「剩一點點」這種肯定的意思。

看看哪裡不一樣！

▶ There's **a little steak left**.

牛排還有剩一小塊。

little 可搭配 time、water 這類不可數名詞，表達「少量」的意思，但如果說成 a little，就轉換成「還有剩下一點點」這種肯定的語氣。這句例句也是牛排還有剩一小塊的意思。There's a little water in the bottle. 則是「瓶子裡還有剩一點水」，將重點放在還有剩的部分。

▶ There's **little steak left**.

牛排幾乎沒剩。

若是沒有 a，只有 little 則是「幾乎沒有」這種否定的口氣。舉例來說，We have little snow in this area. 就是「這地區幾乎不會下雪」的意思。雖然句子裡沒有 not，理應屬於肯定語氣的句子，但是當 little 沒有加上冠詞反而會營造出否定的意思，閱讀時請務必小心這點。

深入理解！

學會「表達肯定語氣」的
不定冠詞的使用方法

There are a few students on the campus.

There are few students on the campus.

學校裡還有幾名學生留下。

學校裡幾乎沒有學生留下。

一如前述，a little / little 可加在不可數名詞前面，表達數量極少的語氣，不過若是可數名詞，就可改用 a few / few 表達。a few 的感覺大概是介於 2～3 的數量，若是用來算人頭，大概就是「2～3 人」的意思，加上 a 就營造出「還有」這種肯定的語氣。

沒有 a 的 few 則與 little 具有相同的效果。即使句子裡沒有出現 not，卻仍有「幾乎沒有～」的否定語氣。由於是加在可數名詞前面，所以名詞一定要轉換成複數形，就這點而言是與不可數名詞不同的。

a few students   ### few students

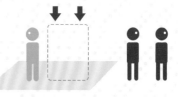

將重點放在「還有剩」(肯定語氣)　　　將重點放在「幾乎沒剩」(否定語氣)

非常實用！道地的一句話

Procrastination is the thief of time.

擇日不如撞日。

procrastination 是「拖拖拉拉／延期」的意思，整句話有「擇日不如撞日」之意。流動的時間雖然不需要加上冠詞，但是偷時間的「小偷」需要加上冠詞。說成 a thief 通常是在說不特定的小偷，但這句話裡的「小偷」絕對是「偷時間」的小偷，所以冠詞得使用 the。

用冠詞
表達數量

a pinch of salt

一小撮鹽

salt「鹽」雖然是不可數名詞之一的物質名詞，但可用容器測量。若想說「1 小撮的」可說成 a pinch of 〜。若想說得更精準，例如「1 大匙的〜」可說成 one table-spoon of (tbsp) 〜，「2 小匙的〜」則可說成 two tea-spoons of (tsp)。

不定冠詞

a / an 可表達「一會兒」這種時間長度

「一會兒」這種時間的感覺會隨著說法的不同而讓人有不同的感受，讓我們稍微了解各種說法的差異吧。

看看哪裡不一樣！

▶ Keep quiet for **a moment**.

請閉上嘴一會兒。

for a moment 有「瞬間」➡「一會兒」的意思。聽到例句 Keep quiet for a moment. ，老外應該會理解成「現在請安靜一會兒」。此外，在電話裡告訴對方你要找的人之後，若聽到「Could you hold on for a moment?」就有「請您稍待一會兒」的意思。

▶ Keep quiet for **the moment**.

總之，請你安靜。

moment 常被解釋成「瞬間」的意思，但其實也有「特定時期／期間」的意思。這句話裡的 for the moment 有「總之／當下」的意思，代表的是稍微長的期間。聽到 Keep quiet for the moment. ，老外會理解成「總之，請先閉上嘴 (請看情況說話)」。

深入理解！

學會「表達時間長度」的
不定冠詞的使用方法

🐦 **He lived here for a time.**

🐦 **He's living here for the time.**

🐦 他在這裡住了一段短短的時間。

🐦 他在這裡住了一段稍長的時間。

類似 for a moment「一陣子」與 for the moment「當下／總之」的差異還有很多，例如上句的 for a time 就是 for a short time 的意思，與 for the time 相較之下，期間顯得更短。

下句的 for the time 則有 for the time being「當下／總之」的意思。這裡說的「當下」雖然是指某段時間，但沒辦法具體說明到底有多久。

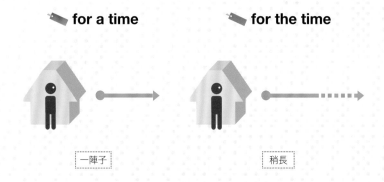

🐦 **for a time**　　　　　🐦 **for the time**

一陣子　　　　　　　稍長

非常實用！道地的一句話

This is the big moment.

現在是展現實力的時候。

the moment 有「就是這個瞬間」的意思，所以 This is the big moment. 有「現在就是這個瞬間」➡「現在是展現實力的時候」的意思。此時的 the 就像 He's the very man that we've been looking for. 這句「他正是我們尋尋覓覓的那個男人」裡的 the very ～，有「正是」的意思。This is the very moment of life. 則有「此時正是人生的重要時刻」的意思。

快速記住的慣用語

Do me a favor.

可以幫我一下嗎？

這是要請別人幫個小忙時說的慣用語。這裡的 a 可解釋成 one「一個」，所以有「幫個小忙」的意思，與 Give me a hand.「能幫我一下嗎？」的 a hand 有相同的意思。若想慎重一點，則可說成 Could you do me a favor?

13 不定冠詞

用a表達
「相同」的意思

a 也有 same「相同」的意思。讓我們一起看看利用不定冠詞表達「2 人相同」的委婉說法。

看看哪裡不一樣！

You're two of **a kind**.

你們兩個是同一種人。

kind 是「種類」的意思，所以這句話直譯就是「他們是同一種人」。此時的 a 有 same「相同」的意思，所以從「同種人」的意思衍生出「很像的兩個人」這種意思。順帶一提，Birds of a feather flock together. 則是「物以類聚」的意思。

They are two of **the kind**.

他們是較親切的那兩個人。

此時 kind 的意思不是「種類」，而是「親切的」，所以 They are two of the kind people. 的 the 有「某一邊」的意思。I'll buy a pink sweater. 有「什麼都行，總之要買粉紅色毛衣」的意思，但是 I'll buy the pink sweater. 則有「我要買那件粉紅色毛衣」的意思。

深入理解！

學會「**表達相同**」的
不定冠詞的使用方法

➤ **That politician is one of a kind.**

➤ **That politician is one of the kind.**

➤ 沒有人像那位政治家。

➤ 那位政治家也是親切的人之一。

這裡的 one of a kind 有「同種類之中的 1 人／ 1 個」的意思，例如對於還在猶豫是否要買陶器的顧客說 It's one of a kind.，會有「這個陶器別的地方找不到」或是「這個陶器只有一件／是非常珍貴的陶器」的意思。

That politician is one of a kind. 則有「沒有人像那位政治家」➡「他真的是很棒的政治家」的讚美意味。

另一方面，one of the kind 雖然有「同種類之中的一人」的意思，但是 the kind (people) 則可解釋成「是親切的人之一」。

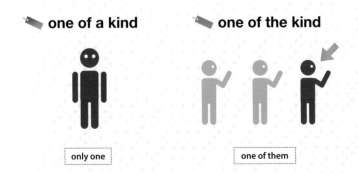

➤ **one of a kind**   ➤ **one of the kind**

only one   one of them

70

非常實用！道地的一句話

It's like comparing apples to oranges.

因為截然不同，所以無從比擬。

two peas in a pod 有「一個模子印出來」的意思，但如果想要表達和它完全相反的意思，也就是「因為截然不同，所以無從比擬」的話，可以用「蘋果與橘子是無法互相比較」這句話來表達。

舉例來說，Jane and Nancy are like apples and oranges. 這句話的意思是「珍妮與南西是完全不同 (無法比較) 的兩個人。英式英語則會說成 They're like chalk and cheese.「如粉筆與起司般完全不同」。

快速記住的慣用語

A little bird told me.

我消息很靈通。

沒人想說出消息來源，但是堅持不爆料又有點讓人反感，此時最能打圓場的一句話就是這句「我消息很靈通」。a bird 有 one of many 的語氣，有「某處的小鳥」的意思。

14

不定冠詞

a / an 有「某個〜」的意思

使用 a / an 可表達「某個〜」的意思。要注意的是，有時會與使用 the 的意思完全不同。

大發 雷霆

又是他嗎…
He gets in the way!
（他變成工作上的麻煩了！）

說不定不適合當老師吧？

可能還沒完全出社會吧…

He's a good teacher in a way.
（就某種意義而言，他是好老師喲）

哇，小朋友超喜歡他！

麥麥老師～

老師～

哈哈哈哈，別鬧了啦

看看哪裡不一樣！

▶ He's a good teacher **in a way.**

就某種意義而言，他是個好老師。

way 除了能翻譯成「道路」，也能翻譯
成「觀點／面／點／意義」，in a way
則是「某種意義」的慣用語，指的是
在各種「觀點／意義」之中的一個。
例 如 This is good in a way. 則 有
「就某種意義而言，這是件好事」的
意思，與例句的使用方法是相同的。

▶ He gets **in the way.**

他變成一種麻煩。

這句的 way 是「道路／前進方向」的
意 思， 所 以 My teacher is in the
way. 指的是「老師站在前進的方向／
老師堵住道路」➡「老師變成一種麻
煩」的意思。He's always getting
in the way of what I want to
do. 則是「他總是阻擾我想做的事」
的意思。

73

深入理解！

學會「表達某個～」的
不定冠詞的使用方法

> **As a result** of his decision,
> the company went out of business.

- -

> **As the result** of his decision,
> the company went out of business.

> 就某種結果而言，公司因為他的決定而倒閉。

- -

> 就結果而言，公司因為他的決定倒閉。

as a result of his decision 有因他決定造成的各種結果的意思，有 one of the results「結果之一」的語氣。在眾多結果之中，可能有繼續營業、賣掉或倒閉這些選擇。另一方面，as the result of his decision 則有「限定的結果」，只強調「是他決定的結果」，所以 the 的句子有強調的語氣。

as a result
of his decision

繼續、賣掉、倒閉 ➡ 倒閉

as the result
of his decision

倒閉 ➡ 倒閉

74

非常實用！道地的一句話

Make way for them.

為他們讓條路。

firefighters (消防員) 到達火災現場之後，常常會說「快為他們讓條路」，此時能派上用場的說法就是這個 make way for ～。這時候的路有「讓出空間」的意思，way 等於是不可數名詞，所以不需要使用冠詞。He needs to make way for his juniors. 則是「他必須讓路給後輩」的意思。

Quiz　He's the last person to do such a thing. 的意思是？

A　他不可能做那種事。

B　最後他還是做了那件事。

last 有「最不可能」的意思，所以「他是最不可能做那種事的人」➡「他不可能做那種事」的意思。特殊性、限定性強烈的 last 加上 the，就能強化「最不可能」這種否定的語氣。

[答案]：A

加上不定冠詞的名詞

a / an 通常是指一般的東西，但有時也會出現例外，有時也會用於將兩個以上的單字當成一組的情況。讓我們一起確認這類使用方法與規則吧。

指一般的東西

有些名詞必須加上定冠詞或不需要冠詞，但如果不是特定的事物，只是一般名詞且又是單數的話，那就得加上不定冠詞。

a serious mistake	a long day
嚴重的錯誤	漫長的一天
an English test	a box of books
英文考試	放書的箱子
a quick question	a married couple
簡單的問題	夫婦

加上不定冠詞的例外

在「國家」、「都市」這類通常不需冠詞的單字加上修飾語，或是在專有名詞加上不定冠詞，有時可表達「像～這樣的人」的意思。

a clean Japan
乾淨的日本
a fantastic fall
美妙的秋天
a luxurious dinner
奢侈的晚餐
a new moon
新月
an Einstein
像愛因斯坦的人

將兩個以上的單字當成一組使用的情況

例如 cpu 與 saucer 雖然是個別獨立的名詞，但是將杯子與茶盤當成一組看的時候，就能說成 a cup and saucer 這種單數的句子。

a mother and (a) father
父母
a fork and (a) knife
叉子與刀子
a shirt and (a) tie
襯衫與領帶
a belt and (a) buckle
有扣環的皮帶
a dog and (a) cat
狗跟貓

PART **2**
定冠詞的使用規則

PART 2 要介紹定冠詞 (the) 的使用方法與意思。
請大家一邊透過漫畫確認具體的使用場合,一邊
掌握使用的手感吧!

※ 本章有部分是副詞的說明。

1

定冠詞

the 代表的是
特定的事物

能具體想像的事物可加上 the。在問最接近的車站時，問的人與被問的人都在想像同一個車站，所以要加上 the。

看看哪裡不一樣！

Where's **the platform** for XYZ?

往 **XYZ** 方向的月台在哪裡呢？

在車站問往○○方向的月台時，即使對方是陌生人，兩者之間還是在討論月台以及車站，算是有共識。Please close the window 也一樣，雙方都知道是在說哪扇窗戶，所以此時就要加上 the。

往 XYZ

Where's **a platform**?

月台在哪裡？

這與詢問者和被問者之間對「月台」有共識的 the platform 不一樣，a platform 指的不是特定的月台，而是 one of many 的月台，有「哪個月台都行，總之月台在哪裡？」的語氣。若説成 a platform，有可能會被認為「這人該不會沒看過月台吧？」

深入理解！

學會「**表達特定事物**」的 定冠詞的說法

I need to go to a store to buy milk.

I need to go to the store to buy milk.

我得去商店買牛奶。

我得去(那間)商店買牛奶。

a / an 與 the 的差異之一就是說話者的腦袋裡「有無限定的印象」。

第一句的意思是去哪間店都行,「總之要去的是有賣牛奶的商店」。

the 的另一項功能則是指稱「特定的事物」,所以第 2 句的 the store 不能譯成「哪裡的店都行」的語氣,而是要譯成「常去的店」或是「聽說很便宜的店」這種,說話者已經決定要去哪間店的口氣。要注意的是,第一次提到 a store「商店」在下次提到時,就要說成 the store。

go to a store

哪間都可以 (不特定的商店)

go to the store

特定的商店

非常實用！道地的一句話

Is there a rest room near here?

這附近有洗手間嗎？

在外面問洗手間在哪裡的時候，通常會以 Is there ～？的方式問，但此時詢問者的腦袋裡通常沒有指定非要○○的廁所不可。如果只要是廁所就可以，那麼就該以 one of many 的 a 發問。

若說成 the rest room，代表詢問者的腦袋裡已經有指定的廁所。

快速記住的慣用語

You got the wrong number.

你打錯號碼了。

這是接到打錯電話時的慣用語。此時的 number 指的是對方打的電話號碼，所以會使用定冠詞 the。此外，如果是自己不小心打錯，則要說 I must have the wrong number.。

The wrong number.

2

這世界上獨一無二的東西可加上 the

專有名詞雖然不用加 the，但是太陽、月亮、東邊、地球這種世上獨一無二的東西就可以加上 the。

看看哪裡不一樣！

The sun rises in **the east**.

太陽從東邊升起。

說明這世上獨一無二的東西時，一定
要加上 the，例如太陽、月亮、東西
南北這些事物要加上 the，但獨一無
二的專有名詞則不用加 the，所以像
是～山、～河、～國這類獨一無二的
事物，則有可加可不加的規則，讓我
們一起學會這類事物加定冠詞的規則
吧 (➡ P142)。

The sun rises **in east**.

太陽從伊斯特這個地點升起。

代表方位的 east 一定要加上 the，若
沒有加，老外就不會理解成是方位的
east，而是聽成 in Tokyo 這類地名，
有可能會理解成「太陽從伊斯特 (這
個地點) 升起」這種截然不同的意思。

深入理解！

學會「表達（這世界上）獨一無二的東西」的定冠詞的說法

🔖 **We went to the Arctic Pole.** the

🔖 **We saw polar bears in the zoo.** ⊗

🔖 我們去了北極。

🔖 我們在動物園看到北極熊。

一如這世上獨一無二的東西要加上 the，「北極」當然要如 the Arctic Pole 一般加上 the。pole 的形容詞 polar 有「極性的／極地的」的意思，所以 polar bears 就是「極地的熊」，不過南極沒有北極熊，所以指的當然是「北極熊」。

不過，去動物園看到的「北極熊」絕不是這世上唯一的一隻，而是極為平常地在各地動物園棲息的北極熊，所以不需要加上 the，也不需要改成大寫 (專有名詞)。如果在動物園只看到一隻北極熊可說成 a polar bear，但若是看到很多隻，則不需要加上冠詞，只需要說成複數的 polar bears。

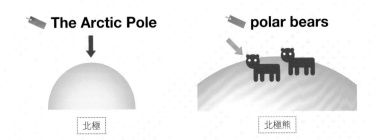

🔖 **The Arctic Pole**

北極

🔖 **polar bears**

北極熊

非常實用！道地的一句話

Our plane flew against the sun.

我們的飛機往左舷飛。

「～舷」的説法分成常見的「右舷」也就是 go around clockwise (順時針方向)，以及相反的「左舷」的 go around counterclockwise。

除此之外，在航海用語裡也有 against the sun「逆著太陽／反著太陽」
➜「將太陽拋在背後」的説法，日常會話也常使用這種説法。

It's a small world.

這世界很狹窄。

「小小世界」意思就是「這世界很狹窄」，world 只有一個，所以要説成 the world，但是像這句話加上形容詞，就會使用代表「種類」的冠詞的 a。這與説「上弦月」的情況一樣，要將原本的 the moon 改成 a crescent moon。

3 定冠詞

在代表數量的單位加 the

要說明測量單位時，可加上 the。若忘記加上 the，聽起來會像是某種地名或聲音，也有可能使人理解錯誤。

看看哪裡不一樣！

You can buy tea leaves by the gram.

茶葉可以論克買。

by the gram 有「以公克為單位」的意思，所以 < by + the + 量 > 可用來說明「賣／支付」這類情況的單位。介系詞的 by 有「依照～」這種代表手段與方法的意思，所以 I'm paid by the day ／ the hour. 則可解釋成「我的薪水是以日薪／時薪的方式給付」。

You can buy tea leaves by gram.

茶葉可以跟老奶奶買。

測量物品時，沒有像 by gram 這種 < 無冠詞 + 基本單位 > 表達的單位。若說成這種無冠詞的方式，是非常不自然的英文，老外可能會把 gram 想成 grandma「老奶奶」或是「店名」，但不管聽成哪一種，都是不正確的意思。

深入理解！

學會「**表達測量單位**」的定冠詞的說法

For my rental car, I get charged by the mile. (the)

For my rental car, I get charged by mile. ✕

我希望**依照里程**計算租車費用。

我希望**由麥克先生**請求租車費用。

這兩句話都是支付租車費用的方法，其中的 I get charged by the mile. 為「依照里程計算」的意思。像這種「賣／支付／請款／索費」的情況，該單位都需要以 < by + the + 基本單位 (時間、數字、數量) > 表達。舉例來說，若要以「週結／月結」支付，可說成 pay by the week / by the month。

另一方面，by mile 不只是意思奇怪，而是根本無法表達想說的意思，可說是完全不具意思。如果說成這樣，聽到的人可能會解釋成「是麥克先生要請款啊」的意思。不過，如果麥克先生的確經營租車行，那這句話就沒有問題了。

by the mile	**by mile**
以里程計費	由麥克先生請款

非常實用！道地的一句話

It's not my cup of tea.

那不是我的喜好。

這句 my cup of tea 有「我的喜好／專長」的意思，以否定的 It's not my cup of tea. 代表「那不是我的喜好」。舉例來說想拒絕朋友「要去卡拉 OK 嗎？」的邀請時，若不想說成 I don't want to. 這種具有強烈拒絕感的說法，就可說成上述這句否定句。要記得的是，茶不需要加上冠詞，而 cup 則要加上所有格的 my。

用冠詞
表達數量

a centimeter of snow

降雪1公分

雪雖然是不可數名詞，但天氣預報常常需要測量雪量，此時可使用代表 millimeter、centimeter、meter 這類代表長度的單位。雨量也是一樣，可以用 two millimeters of precipitation「降雨 2 公釐」這種說法來表達。

定冠詞

以the+最高級表示「與其他相較之下最好」的意思

有無冠詞會使比較的對象改變，例如到底是指一堆東西之中最棒的那一個，還是某個東西之中最棒的那一個。

看看哪裡不一樣！

This is **the most beautiful lake** around here.

這是這一帶最漂亮的湖。

像這句話的最高級形容詞一定要加 the。舉例來說，He's the tallest in his class. 就是「他是班上最高的男生」，有跟「其他」班上的學生比較「最～」的意思。這句例句的意思是，「這座湖」是周邊多座湖之中最美麗的一座。

This lake is **deepest** around here.

這邊是這座湖最深的地方。

相對於加了 the，與其他東西比較的最高級形容詞，這句 < 無冠詞 + 最高級 > 的句子代表比較的不是別人，而是「當事人」之中的最高級。這句話可代表「這座湖」有較淺的地方，也有較深的地方，而其中「最深的地方」就是「這一帶」的意思。

深入理解！ 進階應用

學會「表達在〇〇之中最～」
的定冠詞的說法

I'm the happiest in the group. （the）

I'm happiest in my life. （✕）

🖋 我是團體之中**最幸福**的。

🖋 截至目前為止的人生，此時是**最幸福**的。

第一句是在團體之中，與別人比較，說明自己幸福程度的句子。要說「在團體之中」這類「場所或範圍」時，可說成…in ～，而 I'm the happiest of all the girls in the group. 這句話比較的是「人或物 (複數)」，所以要說成…of ～。

I'm happiest in my life. 是沒加 the 的無冠詞最高級形容詞，所以這句話沒與其他人比較，則是在表達擔任主語的人 (這時是我) 的最高級狀況或性質，可解釋成對這個人而言，在人生的各種時刻裡，現在的「幸福度」是最高的。

the happiest in the group

與其他人比較

happiest in my life

自己與自己比較

非常實用！道地的一句話

Go jump in the lake.

別吵我啦。／滾去旁邊啦。

jump in the lake「跳進湖裡」的 the lake 不是「隨便一個」one of many 的 lake，而是大家都有共識的「那個湖」，go jump in the lake 直譯的話 是「(去那邊) 跳湖」，但意思其實是立刻從這裡離開，別煩我的意思。 此時的 go jump 就是 go and jump 的意思，中間的 and 被省略了。

Quiz

（ ）裡該放入什麼冠詞？

That was Taiwan's（ ）worst disaster.
那是台灣最嚴重的天災。

這句話與 That was the worst disater in Taiwan. 的意思相同，但在這兩句句子 之中，對於 Taiwan 的觀點不一樣。這 道題目的 Taiwan 被當成 Taiwan's 這個 專有名詞的所有格使用，然後放在最高 級的形容詞前面。像這種在專有名詞所 有格後面出現的最高級形容詞是不需要 加 the 的。　　　　[答案]：無冠詞

5

副詞

以 the+ 比較級 , the+ 比較級 表現「越來越～」的意思

這是表達「越做越…」、「越來越…」這類分量或程度的表現方式，有「越早越好」或「越來越愛」這類的使用方法。

最好快點結束吧
The sooner, the better.
(越快越好)

呃！

我知道啦……

史密斯～！

你們兩個請離場！

史密斯！？

喂，振作一點！

老師

註：茶道體驗中

94

看看哪裡不一樣！

The sooner, the better.

(the)

越早越好。

其實這時候 the 並非冠詞，而是「副詞」。< the + 比較級 , the + 比較級 > 有「越～越～」的意思，一如這句 The sooner it is, the better it is.，省略了「主詞＋動詞」的部分。「越快就能越如此好」，換言之，「好的部分、程度」會增加意思。

She loves him all the better for his honesty.

(the)

她因為他的誠實而更愛他。

這句例文是 < the + 比較級 >「越～越～」的進階應用版，是以 < all + the + 比較級 + for ～ > 的方式表達「因為～理由而更～」的意思。for 的後面可接「理由」。這句話說的是因為 honesty「誠實」而更愛對方。這句話的 the 與上一句一樣，有「越快就能越如此好」的語氣。

95

深入理解！

學會「**越~越~**」的
定冠詞的說法

🔖 **The older, the more expensive.**

🔖 **This cheese is all the more expensive for its age.**

🔖 越舊(價格)越貴。

🔖 起司會因為漫長的歲月而變得更貴。

第一句的意思是 The older a cheese is, the more expensive it is. 是「起司這種東西是越舊越貴」。此時的 < the + 比較級 , the + 比較級 > 能套用在「越~越~」的規則裡，有起司的年代有多古老，價格就有多貴的意思。

第二句則根據 < all + the + 比較級 + for ~ > 的根據解擇成 all the more expensive for its age「因為年齡 (歲月) 這個理由，所以越久越貴」。

**the older,
the more expensive**

2015   2000   1960

越舊越貴

**all the more expensive
for its age**

1960

歲月越漫長越貴

非常實用！道地的一句話

The bigger the government, the smaller the citizen.

政府越強大，國民的權利越小。

這是美國廣播節目的知名主持人 Dennis Prager 的名言。他是針對某特定政府而說出這句話。這裡所說的 citizen 不是市民，而是國民，屬於集合名詞，所以是單數。此外也以 the bigger 與 the smaller 表達「成反比」的關係。

快速記住的慣用語

Do you have a thing for him ?

你關心他嗎？

have a thing for ～有「喜歡～／對～難以抵抗」的意思，若對象是異性，則有「不知為何特別喜歡／有特殊的感情」的意思。此時的 thing 並非具體地代表「某種事物」，而是有可能代表各種因素，所以要使用不定冠詞的 a。

6

定冠詞

以 the+形容詞
表達集合名詞

the rich 或 the needy 這種在形容詞加 the 的說法，可表達某個族群或集團。
讓我們一起看看實際的用法吧。

那邊那間豪華旅館是給有錢人住的吧，

我們只能住這種破爛旅館嗎…

歡迎光臨莊

The rich are
not always happy.
（有錢人不一定都幸福喲）

？

有些特權是只有山裡的小旅館才會有

如果住那邊的旅館，就體驗不到這種經驗了呢

看看哪裡不一樣！

The rich are not always happy.

有錢人不一定都幸福。

< the ＋形容詞 > 可用來表達集合名詞。The rich 有 rich people 的意思，一般是指「有錢的族群」，所以當成複數看待。反之 the poor「窮人」也是指 poor people。像這樣在形容詞前面加 the，當成「～的人」的情況，就有「總稱」的意思。

Rich is not always happy.

理查先生不一定都幸福。

rich 是形容詞，所以無法單獨當成名詞使用。若將 rich 放在句首，就必須加上 people 這種複數的名詞，若以 a ＋ rich 為句首，就必須加上名詞，說成 a rich man 才行。假設主語只有 rich，聽起來就會是「理查先生 (以此為名的人) 不一定都幸福」的意思。

99

深入理解！

 學會「**集合名詞**」的
定冠詞的說法

The needy require our help. (the)

Needy requires our help.

貧困的人需要我們的援助。

尼迪先生需要我們的援助。

the needy 是 < the + 形容詞 > 的說法，代表的是 needy people「貧困的人」的集合名詞。needy 是動詞 need 的形容詞，有「正有需求」➡「貧窮」的意思。the needy 與 the poor 的意思雖然相近，卻是不直接說「窮困」的委婉說法。

另一方面，說成無冠詞的 needy 對老外而言，就是專有名詞，所以若說成第二句這種無冠詞的 needy，會讓人以為實際上真有一位尼迪先生，然後這句話也會被解釋成「尼迪先生這個人需要我們援助」。

the needy

help

貧困的人

Needy

Mr. Needy

help

尼迪先生

非常實用！道地的一句話

In this country, there's a big gap between the haves and the have-nots.

(the)

這個國家有錢人與沒有錢的人之間有很大的落差。

與 the rich、the poor 對應的是 haves「有錢人」與 have-nots「沒有錢的人」，但這裡指的不是個人，而是用於「有資源的國家與沒有資源的國家」、「有核武的國家與沒有核武的國家」這類比較。the haves 與 the rich「有錢人」一樣，都可用來代表某個族群。

順帶一提，「資訊落差」可說成 digital divide。

用冠詞 表達數量

a column of smoke

一縷輕煙

沒有輪廓的煙是不可數的，屬於不可數名詞之中的抽象名詞，但是往天空飄升的煙可說成「一縷輕煙」。此外，column 是「圓柱／柱子」的意思，報紙的專欄也是同一個字，此時則有「直欄」的意思。像這樣直長的情況可解釋成「向上的一條的～」。

定冠詞

以 the+time 表達時間／時刻

問時間與問有沒有空的問法不太一樣。一般想問幾點時，都會加上 the。

看看哪裡不一樣！

Do you have **the time**?

現在是幾點呢？

the time 代表的是有輪廓的「某個特定時間／時刻」。意思是「你有時間嗎？」的這句話是在問「現在幾點」，可在任何情況使用。同樣是問時間的 What time is it now? 則有點唐突，被問的人可能會稍微嚇一跳。

Do you have **time**?

現在有時間嗎？

Time is money.「時間就是金錢」裡的無冠詞的 time 有「概念上的時間／流動的時間」的意思，代表的是非特定、不具特別輪廓的時間。「你有 (這樣的) 時間嗎？」會因為不同的情況而有「現在很閒嗎？」的語氣。如果是朋友之間的對話則沒問題，但是對異性說的時候要特別注意。

103

深入理解！

進階應用

 學會「**時間**」的
定冠詞的說法

Did you have a wonderful time there? a/an

Thanks for the wonderful time. the

你玩得開心嗎？

謝謝你給我這麼美好的時間。

非特定的時間 time 不需要加上冠詞，但是問剛從旅行回來的朋友「開不開心」的 Did you have a wonderful time? 這句在 time 前面加上形容詞的句子，就需要在前面加上冠詞。問話的人沒有特定哪段時間，只是想問「是不是一段很棒的時間」，所以要加上 a。

另一方面，因為對手的陪伴很開心，而說出 Thanks for the wonderful time. 這句感謝的時候，說話者想的不是「很棒的時間」，而是「一起度過」或「自己體驗過」這類特定的時間，所以 wonderful time 前面要加的冠詞就是代表「特定時間」的 the。

a wonderful time

?

非特定的時間

the wonderful time

特定的時間

非常實用！道地的一句話

He did time.

他坐過牢。

無冠詞的 time 除了表示沒有輪廓 (間隔) 的連續時間的流動和 local time「當地時間」這種時刻／時間外，也有「坐牢的刑期」的意思。用 do time 表現「坐牢」的意思，相對於 serve a sentence「服刑／服從」這種較強硬的口氣，算是比較委婉的説法。若是在最後加上 in prison ／ behind bars「被關進牢裡」，意思將會更明確。

快速記住的慣用語

Do you have an opening ?

(徵人) 有空缺嗎？

opening 有「空缺／缺人」的意思。這是問工作有無缺人的慣用語，首次出現的「空缺」沒有特別指定，所以要加上 an。此外，要説「時間上的空閒」時也可使用這句。Do you have an opening tomorrow? 則是「明天有時間嗎？」的意思。

打工徵人！

定冠詞

在 members 這類複數形的名詞加上 the 可代表全體

在 members 這種群體的名詞加上 the，可代表該群體的所有成員。

看看哪裡不一樣！

We're **the members** of the team.

我們是(那個)團體的所有成員。

此時加了 the 的團體是某個特定團體，所以談話的雙方對於是哪個團體已經有共識。此中的 the members 代表的是特定的團體，而不是隨便某個團體。像這種 < the + 複數名詞 + of ～ > 的說法暗示著「在～之中的所有成員」。

We're **members** of the team.

我們是團體的(部分)成員。

無冠詞的 members 只是在說這些成員隸屬於某個特定團體，卻沒有將重點放在成員身上。與 the members 的差異在於無冠詞的時候，< 無冠詞 + 複數名詞 + of ～ > 是「其中一部分」的意思，不管到底是其中的 2 個人、10 個人還是 100 個人，都可在不需要指定人數的情況時使用。

深入理解！

 學會「**表達全體**」的 定冠詞的說法

🏷 **Bill and Sally are the professors of that university.**

🏷 **Bill and Sally are professors of that university.**

🏷 比爾與莎莉是那所大學的教授 (整間大學只有他們兩位教授)。

🏷 比爾與莎莉是那所大學的教授 (還有其他教授)。

這裡使用的 that university 與 the university 一樣，說話的這兩個人與聽到的人都知道到底是哪間大學。the professors 是以 < the + 複數名詞 + of 〜 > 的方式表達「〜的所有成員」，所以代表該大學只有這兩位教授。

反觀無冠詞的 professors 則代表除了比爾與莎利確實是該大學的教授，但其他還有許多教授。

🏷 **the professors of that university**

兩人裡的兩人

🏷 **professors of that university**

多人裡的兩人

非常實用！道地的一句話

I made the team.

(the)

我被選為 (團體的) 成員。

make a team 指的是「組成／建立團體」，若對象是足球隊，可說成 make a soccer team。但如果說成 make the team 則有「被選擇成員／被選為團體的一員」的意思，此時的 make 有「達成／達標」的意思。順帶一提，There is no "I" in team. 的意思是「在團隊裡沒有 (不需要) 個人」，是一句強調團體合作重要性的慣用語。

用冠詞 表達數量

a piece of furniture

一件家具

雖然我們常聽到「家具很多」，但真正能以幾件來數的是「化妝台」、「衣櫃」這些家具。家具 (furniture) 是集合名詞，所以是不可數名詞。若真的想要計算數量，可說成 a piece of ～／ two pieces of ～。注意 furniture 不需要加 s。

演奏樂器時，需要在樂器前面加上 the

將注意力放在演奏這個行為的感覺使用的是 < the + 樂器 >，將注意力放在演奏整體的感覺使用的是 < 無冠詞 + 樂器 >，接下來讓我們了解兩者的差異。

看看哪裡不一樣！

He plays **the piano**.

(the)

他在彈鋼琴。

演奏樂器時，樂器通常會加上 the。透過 the 的性質營造出在吉他、大提琴這些樂器之中，「尤其會彈鋼琴」的印象，老外聽到這句話的時候，腦中會浮現演奏鋼琴的場景。He bought a piano. 的 piano 只是被當成一種「物品」，但是若改成 play，那麼鋼琴就不單單只是「物品」。

He plays **piano**.

(×)

他在彈鋼琴。

聽到 the piano 的時候，老外會覺得鋼琴不只是 a piano「單純的物品」，但是最近出現了「不一定要在演奏樂器的樂器前面加上 the」，也就是 < play + 無冠詞 + 樂器 > 的規則。對老外而言，play piano 已經算是耳熟能詳的說法。

深入理解！

 學會「**表達樂器**」的
定冠詞的說法

Do you play a Hawaiian guitar?　(a/an)

Do you play the Hawaiian guitar?　(the)

你會彈夏威夷吉他嗎？

在這些樂器之中，你會彈其中的夏威夷吉他嗎？

說到彈吉他，老外的腦中就會浮現用指甲撥弦的情景，由於此時的樂器不是一種器具或東西，所以不使用 one of many 的 a / an，而是使用 the 這個冠詞。

不過，若是在說夏威夷吉他，則會因為前面有形容詞的 Hawaiian，所以要加上不定冠詞，說成 a Hawaiian guitar。

如果使用的是 the，則代表現場有許多種類的吉他，有可能有夏威夷吉他或古典吉他，說話者是在問「會不會彈其中的夏威夷吉他」，也有可能是「你會彈那把夏威夷吉他嗎」這種特定某把吉他的語氣 (➡ P78)。

a Hawaiian guitar　　**the Hawaiian guitar**

| 因為有形容詞，所以加上 **a** | 要從多把吉他之中指定一把，所以加上 **the** |

非常實用！道地的一句話

Let's play it by ear.

讓我們臨機應變面對這件事吧。

by ear 有「沒有樂譜／用耳朵聽／默念」的意思，play by ear 則有不事前準備，「即興演奏」➡「騎驢看唱本／視情況而定」這種意思。

這裡的 it 不是在指具體的東西，Let's play it by ear. 則有「讓我們臨機應變面整這件事」的意思。by ear 代表的是方法，所以 ear 的前面不需加上冠詞。learn by heart 則有「默記」的意思。

用冠詞
表達數量

a piece of advice

一句忠告

advice 是不具形狀的抽象名詞，是不可數的，所以不能說成 an advice，可是有時會遇到得說「一句忠告」這種必須可數的情況。此時可說成 a piece of ～。這跟同是抽象名詞的 information 一樣，都可用 a piece of ～的說法表達數量。

以the+ 名字代表「～家族／～夫妻」

介紹某個人的時候，可加上 Mr. 或 Mrs. 這類敬稱，但是 the 可在表達～家族或～夫妻的時候使用。

看看哪裡不一樣！

This is **the Yamaguchis.**

這是山口先生全家。

This is ～是介紹朋友時的慣用語，可利用這句話介紹朋友一家人。Yamaguchi 先生雖然是特定名詞，但在加上 the，名字後面加上複數的 s 之後，就有「～家族／～夫妻」的意思。這裡的 the 是用來與其他同名的人區分，指定就是「山口先生這一家」的意思。

This is **Yamaguchi.**

這是山口。

英語老外介紹朋友時，一般會以第一個名字或全名來介紹。但在正式場合稱呼名字的時候，如果沒加上 Mr. 或 Ms. 這類敬稱，會讓老外覺得很不對勁。

深入理解！ 進階應用

學會「表達～家族」的 定冠詞的說法

🔖 **I invited the Smiths.** (the)

🔖 **I invited Smith.** ⊗

🔖 我邀請了史密斯一家 (夫妻)。

🔖 我邀請了史密斯。

< the + 名字 s > 代表的是「～家族／夫妻」。在家族或夫妻這類集合名詞加上 the，可聽得出來是特定的團體 (2 人以上)。對於不了解該團體的人也不需要知道這到底是在説某個家族還是夫妻，只要知道那些人同屬一個團體就夠了。

而在非正式的情況下介紹朋友時，可以只使用名字，例如 This is Smith.。但如果是在社交場所、商業場所等正式場合，使用 Mr. 或 Ms. 這類敬稱 + 姓氏來介紹對方會比較恰當。

🔖 **invited the Smiths**   🔖 **invited Smith**

邀請整個家族   邀請個人

非常實用！道地的一句話

I stayed at the Yamada's.

我留在山田家。

這句話是 I stayed at the Yamada's house. 的意思，不過大部分都會省略 house 這個字。「在山田家留宿」雖可說成 at the Yamada's，但如果說成 I stayed with the Yamada's. 則有「我暫住在山田家」的意思。此外，若想說「我是山田家的鄰居」可說成 I'm the Yamada's neighbor.。

快速記住的慣用語

Seize the moment.

機不可失。

這句話直譯是「抓住這個瞬間」，seize 有「抓住／獲得」的意思，但是「緊緊抓住，不要錯過」的語氣非常強烈，所以隱含著「此等良機切勿錯過」的意思，因此要說成 the moment。Seize the day. ／ Don't miss the boat. 也是相同的意思。

定冠詞

以 the+限定性鮮明的形容詞
表達「唯一」的意思

「唯一的小孩」與「獨生子」的意思是完全不同的。讓我們一起來了解限定性強烈的形容詞 only 的語氣。

看看哪裡不一樣！

He's **the only child**.

他是唯一的小孩。

我們已經學過很多次 the 有指稱「特定事物」的功能，如果名詞加上 only 這種特殊性、限定性強烈的形容詞，冠詞就會自動加上 the。the only child 指的是「唯一的小孩」➡「(現場)唯獨的小孩」或是「誰的唯一小孩」的意思。

He's **an only son**.

他是獨生子。

儘管 only 是特殊性、限定性強烈的形容詞，此時該用的冠詞是 an。與 one and only 的 the 不同，a / an 有 one of many 的意思，而後面接的是 son，所以這句話的意思是「他是獨生子」，不過也含有「他不是唯一的小孩」的意思，換言之可能還有其他的姐妹。

119

深入理解！ 進階應用

 學會「**加強限定性**」的 定冠詞的說法

🖊 **She's the first person I would ask.** ⓣⓗⓔ

🖊 **She's a First Lady.** (a/an)

🖊 需要拜託的話，非她莫屬。

🖊 她是第一夫人。

She's the first person I would ask. 是「我有事要拜託的話，她是我第一個拜託的對象」➡「需要拜託的話，非她莫屬」的意思，I would ask 則是假設語氣。

在 first 這種特殊性、限定性強烈的形容詞雖然都會加上 the，但時有 I would ask 這種限定修飾子句的話，就算沒加上形容詞，冠詞也會是 the。

此外，First Lady 指的是國家首領 (總統、總理、元首) 的夫人，基本上已經是極為侷限的特殊存在，所以就算不想加 the，First Lady 也於世界各國存在，所以才會使用不定冠詞的 a。

🖊 **the first person**

指「第一個」做某件事的人

🖊 **a First Lady**

各國都有的人

非常實用！道地的一句話

She is the apple of my eye.

她對我而言，是無可取代的存在。

之所以將 the apple of one's eye「眼中的蘋果」譯成「放入眼中也不痛」，是因為老外覺得，就算放入眼中會痛也沒關係，因為對方就是如此重要，也有人認為，這句話裡的 apple 不是蘋果，而是重要的瞳孔／黑眼珠。不管哪個說法屬實，我眼中的蘋果都是特定的存在，所以要說成加了定冠詞的 the apple。

快速記住的慣用語

The thing is...

其實…

用來表達「其實／重要的是」的 The thing is ～的 thing 有「重點」的意思，是一種告訴對方，接下來要說的事情很重要。thing 代表的是接下來的內容，所以要加上 the，之後只要接下來要說的內容就 OK 了。

The thing is...

12 定冠詞

the 有強調
名詞原本性質的功能

the 有強調該名詞原本性質的功能，能賦予名詞抽象的意義。

我想接受旅遊雜誌的翻譯面試

與英語會話教室兼著做

是喔，要加油喲！

說不定會被問到座右銘，有沒有什麼名言呢？

我不太知道成語

打工仲介書

The pen is mightier than the sword, right?
（『筆比劍更銳利』這句話如何？）

如果面試的是出版社，這句話很恰當吧？

筆比劍更銳利？什麼意思？

筆　劍　銳利

我應該挑更簡單一點的成語才對…

看看哪裡不一樣！

The pen is mightier than the sword.

筆比劍銳利（文勝於武）。

這裡的 the 賦予名詞抽象的意思，也強調了該名詞原有的性質或功能。the pen 有「寫文章／傳遞訊息」之意，整句的意思是，筆的影響力比 the sword「行使武力／使用蠻力」更強。

A pen is mightier than a sword.

筆比劍銳利。

a / an 基本上會加在具有多個相同物的名詞前面，換言之就是 one of many 的意思，而此時的 a pen 指的不是特定的某枝筆，也不像 the pen 指稱筆有特別的功能。a pen 與 a sword 沒有象徵任何事物，意思是不明確的。

深入理解！

學會「強調名詞性質」的定冠詞的說法

📖 **The dog is a man's best friend.** the

📖 **A dog is the man's best friend.** a/an

📖 狗是人類最好的朋友。

📖 狗是那位男性最好的朋友。

第一句的 a man 指的不是「一個男人」而是「人類」的意思。假設此時限定的「那隻狗」是主語，那麼補語的 a man's best friend 就不太適合。

將句子裡的 the dog 看成含有狗的特性的「狗這種動物」之後，文章的意思就變得明確，也就是「(從古至今) 狗這種動物都是人類最好的朋友」的意思。

第二句的 a dog 有 one of many 的意思，換言之就是「一般的狗」，the man 則有特定的「那位男性」的意思。所以這句話的感覺就是大家一邊聊著那位特定男性的話題，一邊説「狗是那位男性最好的朋友」。

📖 **the dog is a man's best friend**

人類與狗這種動物

📖 **a dog is the man's best friend**

那位男性與非特定的狗

124

非常實用！道地的一句話

They only accept the almighty dollar.

只接受錢。

almighty dollar 是口語「萬能的錢」的意思。almighty 與 last、only 一樣，都是特殊性、限定性強烈的形容詞，所以加上 the，以 They only accept the almight dollar. 表達「只接受錢」的意思。此外，almight dollar 不只代表錢，也有「有錢能使鬼推磨」的意思。

不過比起 almighty「全能」這個字眼，要說「他是全能的」的時候，不妨說成 He's an all-around player. 會更為貼切。

快速記住的慣用語

I don't have a clue.

我一點也不了解。

clue 的意思是「端倪／線索」，have a clue「有線索」通常會以否定的方式使用。I don't have a clue. 有「一點端倪／線索都沒有」的意思，所以就是「我一點也不了解／我沒有頭緒」的意思，與 I have no idea. 是一樣的意思。

13

定冠詞

the+times
有「時代」的意思

時間雖然有很多意思，但是加上 the，就有限定某段時間的「時代」之意。

看看哪裡不一樣!

▶ You're behind **the times**.

你落伍了。

概念上的 time 有「時間／流動的時間」的意思,而加了 the 之後的 time 則有「某段特定的時間」的意思,會以 times 這種複數形使用。這句話裡的 the times 代表「時代」這種大段時間間隔的意思,而 behind the times 則有「被拋在時代之後」➡「落伍」之意。

▶ You're behind **time**.

你遲到了。

Time will tell. 這句俗語的意思是「時間會告訴你」➡「過久一點你就會知道」。無冠詞的 time 代表的是經過的時間,behind time 則有在流動的時間之中,比「某段固定的時間」➡「行程」還慢的意思,與 You're behind schedule. 的意思是一樣的。

深入理解！

學會「表達時代」的
定冠詞的說法

🐟 **The times are changing.**　(the)

- -

🐟 **I'll leave here in a short time.**　(a/an)

🐟 時代一直在改變。

- -

🐟 我**待會**就要離開這裡。

The times are changing. 有「時代不斷在改變／每天都在改變」的意思，They're trying to go with the times 則有「他們拼命抓住時代的洪流」的意思。

in a short time 的 time 是概念上的「時間／流動的時間」。一如 Time will tell.「過久一點你就會知道」這句話，「時間」雖然通常會以無冠詞的方式使用，但此時加上了 short 這個形容詞，所以才加上 a。in a short time 是「短時間內」➡「待會」的意思。

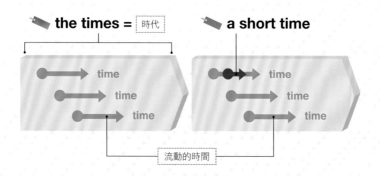

🐟 **the times =** 時代　🐟 **a short time**

time
time
time

流動的時間

非常實用！道地的一句話

We're on time for the meeting.

我們會準時。

這裡的無冠詞的 time 指的是在流動的時間之中的「某段時間 (為會議預留的時間)」。

「準時」的意思是依照約定的時間抵達，所以會說成 on time。「來得及」指的是在時間之內抵達，此時的時間算是有一定的幅度，所以會說成 in time。

快速記住的慣用語

I'll make time.

我會騰出時間。

在很忙的時候，被人拜託來開會的話，可回答「我會騰出時間」這句話。後面若是加上 for you「為了你」，更可表達騰出時間的感覺。此時的 time 有「從流動的時間之中，截取某段時間」的意思，所以不需要加上冠詞。

the+ 普通名詞變成抽象名詞

代表人的普通名詞，例如 mother 加上 the 之後，就會賦予該單字特性般的抽象概念。

看看哪裡不一樣！

The mother in her arose when she saw the children.

the

看到小孩，她心中的母愛就湧現。

通常「母親」會説成 a mother 或
one's mother，若是要叫「媽媽」則
不需要加冠詞。加在這句話裡的
mother 的 the 賦予這個名詞抽象的
概念，the mother in her arose 則
有「產生母親的特質」➡「母愛湧現」
的意思。

She's a mother to everyone.

a/an

她對每個人而言，就像是母親一樣。

mother 是普通名詞，而且也是可數
名詞，可數成 1 個人、2 個人，所以
會使用 a 這個不定冠詞。由於每個人
都有自己的媽媽，而她就像是另一個
媽媽一樣，所以等於有兩個媽媽
(一個是很像媽媽的人)。這句話裡的
她就是其中一位媽媽，所以要説成 a
mother。

深入理解！

學會「將普通名詞轉換成抽象名詞」的定冠詞的說法

The children brought out the teacher in him.

The children brought out a teacher on the stage.

孩子們喚醒他心裡的**教師魂**。

孩子們將**老師**拉上舞台。

請大家將注意力放在 the teacher 之後的 in him。the mother 是「母親般的心情」的話，那麼 the teacher 就是「老師般的心情、老師般的本分／精神」的意思。這句話有「在他心中的教師魂」的語氣。以此類推，the athlete 可譯成「運動員精神」、the father 則是「父愛」，依照這個方法創造各種具有抽象概念的名詞。

另一方面，a teacher 則是多位老師之中的一位老師 (one of many) 的意思，這句話的意境大概是在畢業典禮或嘉年華會時，學生將某位老師拉上舞台的感覺。

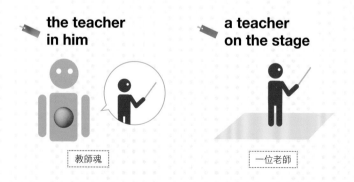

the teacher in him

a teacher on the stage

教師魂

一位老師

非常實用！道地的一句話

Marie Curie is the mother of nuclear science. (the)

瑪麗居里(居里夫人)是核能科學之母。

mother「母親」這個單字除了是生物學上，動物與人類的生母之外，也具有「起源／～之母」的象徵意義。Necessity is the mother of invention.「需要是發明之母」是一句眾所周知的名言，所以此時要說成 the mother。necessity「必要」、invention「發明」都是不具實際形狀的不可數名詞，所以不需要冠詞。

快速記住的慣用語

He's a mama's boy.

他是媽寶。

「媽寶」不能譯成 mother complex，而是該說成 a mama's boy 或是 mother's boy。這裡的 mama 不是特定的「(他的)媽媽」，而是 one of many 的 a mama's boy（媽寶）。請大家記住這個老外的語氣吧。

15 定冠詞

形容詞加上 the
就變成抽象名詞

除了 the rich 這種代表某個人類族群的用法之外，形容詞加 the 也可轉換成「超自然事物」這類抽象名詞。

看看哪裡不一樣！

He believes in **the supernatural**.

他對超自然事物堅信不移。

supernatural 是「超自然的／不可思議的」的形容詞。< the ＋形容詞 > 如 the rich 有 rich people 這種指稱某個族群的意思，但可以是單數的抽象名詞，以例句而言，就是指「超自然的事物」。此外，若換成過去分詞也能塑造相同的語感，例如 the unknown 就是「未知事物」的意思。

He believes in **supernatural**.

他一直堅信超自然的～。

介系詞 in 的後面要加名詞，所以像例句這種既沒有 the、又以形容詞結尾的句子，在老外的耳中很不自然。以形容詞 supernatural「超自然的」結尾時，後面應該還要加上 beings「存在」或 creatures「生物」這類名詞，否則會讓老外以為漏聽了什麼。

My friend believes in supernatural...

135

深入理解！

學會「將形容詞轉換成抽象名詞」的定冠詞的說法

▶ I was sure that Jack would win, but **the unbelievable** happened.

▶ Something unbelievable happened when Jack was about to reach the finish line. ⊗

▶ 我以為傑克會贏，結果發生了**難以置信**的事件。

▶ 傑克抵到終點線的時候，發生了**難以置信**的事件。

unbelievable「難以置信」的形容詞也可在加上 the 之後變成「難以置信的事件」這種抽象名詞，由於是名詞，所以 but 之後的句子是主語。這種在形容詞加 the，就能塑造出 the unforgettable「難以忘懷的事情」、the unforgivable「難以寬恕的事情」這種名詞。

此外，若是改成第 2 句的 something unbelievable，則與 the unbelievable 的意思相同。

● 轉換成抽象名詞的形容詞

☑	supernatural 超自然的	⟷	the supernatural 超自然的事情
☑	unbelievable 難以置信的	⟷	the unbelievable 難以置信的事情
☑	unforgettable 難以忘懷的	⟷	the unforgettable 難以忘懷的事情
☑	unforgivable 難以寬恕的	⟷	the unforgivable 難以寬恕的事情

非常實用！道地的一句話

He has ESP.

他有超能力。

ESP 是 extrasensory perception「超感官／第六感／靈感」的意思，也就是所謂的超能力。超能力屬於沒有明確形狀的東西，所以不需要加冠詞。此外，代表擁有「透視能力」或「千里眼」的人的 clairvoyant 屬於可數名詞，所以可說成 She's a clairvoyant.，若是要當成形容詞使用，則可說成 She's clairvoyant.。

Quiz

（　）裡該放入什麼冠詞？

Man is afraid of（　）unknown.
人類總是害怕未知的事物。

be afraid of ～ 後面要加名詞，而 unknown 則是「尚未了解的／未知的」形容詞。由於 of ～ 的後面必須是名詞，而 the 可讓形容詞轉換成名詞，所以此時必須說成 the unknown「未知的事物」。

[答案]：the

137

定冠詞

在集團加上the會有自己不屬於該集團的語氣

有無 the 可表現發言的立場，可說明是身在集團內發言，還是從外側以客觀的角度發言。

看看哪裡不一樣！

The Taiwanese are hard-working.

台灣人很認真。

這裡的 the Taiwanese 所代表的集團
是主語。這麼說的時候，發言者有不
屬於這個集團的語氣。與其說這是某
種文法，不如說老外聽起來就是這樣，
有點像是作者這個美國人看台灣人的
感覺。

Taiwanese are hard-working.

(我們)台灣人都很認真。

一如常見的 We, Taiwanese ～「我們
台灣人～」，無冠詞的 Taiwanese 很
常出現。這裡的「我們」可視為 one
of many Taiwanese 的 集 團。 說 成
「台灣人都很勤勞」Taiwanese are
hard-working people. 的時候，指的
是「我們台灣人都～」的意思。

深入理解！

進階應用

 學會「**營造不在該團體之內的語氣**」的定冠詞的說法

The Russians are always serious.

Russians are always serious. ⊗

俄羅斯人都很嚴肅。

俄羅斯人都很認真。

在國民這種集團加上 the 的時候，發言者應該不屬於該集團。第一句的發言者很可能不是俄羅斯人。

此外，the Russians 這種 < the ＋ 國民 > 的說法，有可能會被解讀成「俄羅斯人那些傢伙總是很嚴肅」，不過老外不太會採用這種說法。

另一方面，說成 Russians…的時候，通常是在說 We, Russians「我們俄羅斯人都～」的意思，但說話者有可能不是俄羅斯人。不過，說成 the Russians…的時候，到底屬於正面還是負面的語氣，就不是那麼明確了。

the Russians

非俄羅斯人眼中的台灣人

Russians

俄羅斯人眼中的台灣人

非常實用！道地的一句話

He's a workaholic.

他是個工作中毒者。

聽到「～中毒」，有可能會立刻想到 alcoholic「酒精中毒」這個字眼。-holic ／ -aholic 是代表「～狂／～中毒」的語尾，workaholic 則是「工作中毒／工作狂」的意思，一般而言，會說成「工作狂」，也會加上 a。

此外，成為工作狂之後，有時候會讓自己燃燒殆盡，此時就可說成 burnout「燃燒殆盡症候群／過勞」這個字眼。She has burnout. 的 burnout 是不可數名詞，所以不需要加冠詞。

快速記住的慣用語

Let's call it a day.

今天就到此結束吧。

Let's call it one day. 是「就把這個稱為一天吧」➡「到此結束」的意思，是很常在工作結束的時候使用的一句話。同樣的意思還有 Let's wrap it up. ／ Let's call it quits. ／ Let's finish up. 。

加上定冠詞的名詞

原則上「特定的名詞」會加 the，但是，有時不需加冠詞的名詞也會加 the。接下來為大家介紹哪些一定會加 **the** 的名詞吧。

the Amazon	the Pacific Ocean
亞馬遜河	太平洋
the Taiwan Strait	the Suez Canal
台灣海峽	蘇伊士運河
the Gulf of Mexico	the Kanto District
墨西哥灣	關東地區
the Middle East	the Japan Archipelago
中東地區	日本列島
the Izu Peninsula	the Alps
伊豆半島	阿爾卑斯山脈
the Andes	the Times
中東地區	《時代》雜誌
the Wall Street Journal	the Bible
《華爾街日報》	聖經
the British Museum	the Queen Elizabeth II
大英博物館	伊莉莎白二世
the Netherlands	the Philippines
荷蘭	菲利浦

語言本來就會有很多例外，定冠詞的規則當然也有例外。例如國名通常不需要冠詞，但是集合體的國名就需要加 the。同樣的，「山脈」、「河川」、「海洋」、「報紙」、「公共建築」都會加 the。

PART 3
無冠詞的使用規則

PART 3要介紹的是在冠詞的使用規則之中最難懂的無冠詞，也要介紹不加冠詞時，意思會產生什麼變化以及各種不同的使用方法。

1

無冠詞

以介系詞＋無冠詞＋名詞代表手段

要說通勤、通學或交通手段時，通常不需加冠詞。介系詞的 **by** 除了有「在～旁邊」的意思，也可用來表達交通方式。

看看哪裡不一樣！

▶ I go to work by **bus**.

我搭公車通勤。

要說明「搭公車去」這種交通方式的 bus 並不是指常搭乘的「○○公車」或「8 點 30 分發車的公車」這種具體印象的公車。不是 one of many 的公車，也不是特定的公車，而是不具具體輪廓或形狀的概念上的公車，所以不需要加冠詞。

▶ He goes to work by **the bus**.

他去公車站旁邊的公司上班。

介系詞 by 也有「在～旁邊的意思」。Jack is standing by the tall tree. 的意思是「傑克站在高聳的樹旁邊」。< by + 無冠詞 + 名詞 > 雖然可以代表「方式」，但是 by the bus 這種 < by + the + 名詞 > 則有「在公車站旁邊」的意思，換言之這句話完全變成「去公車站旁邊的公司上班」的意思。

深入理解！ 進階應用

學會「表達手段」的 無冠詞的說法

🖌 **I can go to the shopping mall on foot.** ⊗

🖌 **She was standing on her feet.** ⊗

🖌 去商店街可徒步抵達。

🖌 她憑自己的雙腳自立。

要說「徒步」這種交通方式時，可說 on foot (腳)，雖然介系詞變了，但還是無冠詞的用法。比起「壓在～上面」的意思，這裡的 on 比較接近 depend on ～／count on ～的 on「依賴～」的意思。「徒步去～」還可說成 I can walk to the shopping mall.

另一方面，「～站著／正站著」則因為一定是用腳站著，所以不需要特別加入「用腳」這個詞彙，不過一如知名動畫『阿爾卑斯山的少女海蒂』(小天使) 的「克拉拉站起來了！」場景，若是以自己的腳站起來，就能加入所有格，說成「她用自己的腳站起來了」。

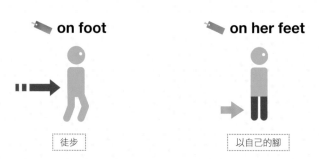

🖌 **on foot**　🖌 **on her feet**

徒步　以自己的腳

非常實用！道地的一句話

It's within walking distance.

那是可徒步抵達的距離。

問路時，通常會想進一步確認是否能徒步抵達，而此時的問句為 Is it within walking distance?，直譯是「在徒步範圍內嗎？」嚴格來說，within ～的意思是在某某範圍之內，所以 within walking distance 就是「可徒步抵達的距離內」的意思。walking distance「步行距離」為不可數名詞，沒有輪廓也沒有基準，所以不需要加冠詞。

Quiz

（　）裡該放入什麼冠詞？

These are（　）pictures I took in Edinburgh.
這是我在愛丁堡拍的照片。

由於 pictures 是複數，所以絕對不可能是 a / an，剩下的答案只有定冠詞的 the pictures 或無冠詞的 pictures。在這句話裡的照片並非一般的照片，而是以 I took in Edinburgh.「在愛丁堡拍攝的」這句話限定的照片，所以要說成 the pictures。

[答案]：the

2

無冠詞

專有名詞不需冠詞

專有名詞本來就是「那個人物」、「那個知名事物」的名稱，所以不需要加冠詞，但如果加了 a / an，就可當成別的意思使用。

看看哪裡不一樣！

▶ He's **Seiji Ozawa**.

他是小澤征爾。

專有名詞是該人物、該物品、該地名
的名稱，理論上，在這世上是獨一無
二的，但就實際而言，日本各地都有
「新宿」這個地名，而且同名同姓的
人也很多。但是專有名詞基本上還是
不需要冠詞，也是不可數的。He's
Seiji Ozawa. 是人的名字，也是專有
名詞，所以不需要冠詞。

▶ He's **a Seiji Ozawa**.

他是如小澤征爾般(偉大的)指揮家。

在專有名詞加上 a / an，專有名詞就變
成普通名詞。在人名前面的 a / an 有
「如～般的」意思，a Seiji Ozawa
是「如小澤征爾般 (偉大的) 指揮家」
的意思。順帶一提，There are two
Yamadas in our office. 是「我們公
司有 2 位山田先生」的意思。

深入理解！ 進階應用

學會「專有名詞」的 冠詞的說法

📢 **A Shinya Yamanaka is waiting for you in the lobby.**

📢 **The Shinya Yamanaka is waiting for you in the lobby.**

📢 有位名叫山中伸彌的人在櫃台等您。

📢 那位(有名的)山中伸彌先生人在櫃台等您。

第一句話的 a Shinya Yamanaka 是 a (certain) Shinya Yamanaka 的意思，也就是「名叫山中伸彌的人」的意思，簡單翻譯就是「自稱山中伸彌 (但我不認識) 的人在櫃台等您」的意思。這種 < a + 專有名詞 >「某某人」的說法很適合在傳話的時候使用。

另一方面，the Shinya Yamanaka 這種 < the + 專有名詞 > 則有「那位知名的～」的意思。此時的 the 有「不是泛泛之輩」，每個人都認識的「那位知名的／偉大的」語氣。

📢 a Shinya Yamanaka   📢 the Shinya Yamanaka

不認識那個人

認識那個人

非常實用！道地的一句話

She's a Mother Teresa.

她真的是很溫柔的人。

< a + 專有名詞 (人名) > 有「像～的人」的意思，例如代表德蕾莎修女的「a Mother Teresa」就有「心地善良的人」的意思。He's not a Bill Gates. 則有「他沒那麼有錢」的意思。He's a Gandhi. (甘地) 則有「他是位毅力堅強的人」的意思，要用這種方式表達特徵時，一定要用知名人物。

快速記住的慣用語

You have a point.

(你說的話) 也有點道理耶。

point 有各種意思，而此時的 point 有「重點／核心」的意思，所以這句話有「(你說的話) 也有點道理」的意思，所以會說成不定冠詞的 a point。意思就是「說的也是啦／好像的確是這樣」。

3 無冠詞

冠詞的有無或單複數會使語氣改變

即使是總稱或是特定的東西，冠詞的有無與單複數的組合都會使語氣改變，讓我們一起學習這種用法吧。

看看哪裡不一樣！

▶ **Computers** have changed the world.

電腦改變了世界。

要表現總稱或某些人事物的時候，有三種方法，一種是 < 無冠詞 + 複數 >，其次是 < the + 單數 >，最後則是 < a / an + 單數 > (➡ P20)。而像此時的 < 無冠詞 + 複數 > 則有「電腦這種東西」的語氣，並未指定是哪種電腦，僅止於一種總稱而已。

▶ **The computer** has changed the world.

電腦這種了不起的東西改變了世界。

此時的 the 有電腦是一種文明產物、與現今世界其他的機器有決定性差異的意思，所以有「特定的」、「與眾不同」的語氣。< the + 單數 > 這種與屬性中立的無冠詞所表達的總稱不同，具有「了不起的～事物」的意思，是一種正面的說法。

深入理解！

 學會「**表達總稱**」的無冠詞的說法

🖋 **Men sometimes have to fight in order to survive.**

🖋 **The man sometimes has to fight in order to survive.**

🖋 男性有時候必須為了生存而戰。

🖋 男人這種生物，有時必須為了生存而戰。

男性的單數形為 a man，複數形為 men。要說「男性有時候」這種總稱的語氣時，Men sometimes～這種複數形會比 A man sometimes～來得更常見。順帶一提，men 有時會被解讀成「人類」，所以有時會被譯成「人類有時候～」。

另一方面，the man 有「男人這種生物」、「身為男性」這種語氣，the 是將兩個人 (物) 放在句首時的說法，此時為了與女性有所區隔，所以有「男人這種生物 (所以不是女人) 有時候～」的語氣。

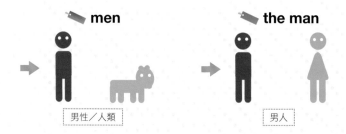

🖋 men 　　　　🖋 the man

男性／人類　　　　男人

非常實用！道地的一句話

He's a computer geek.

他是個電腦極客。

a computer geek「電腦極客」指的是擁有連專家都吃驚的知識與技能的人，而 a computer nerd 也同樣有「電腦極客」的意思，不過比較偏向極端沉醉於電腦世界的人。He's a computer expert.「他是電腦專家」可用來指稱專家與業餘人士，而 He's a computer engineer.「他是電腦工程師」則用於形容以使用電腦為職業的人 (➡ P28)。

快速記住的慣用語

You saved the day.

今天你真的是幫大忙了。

這是在「走投無路」的時候，向伸出援手的人表達萬分感謝，「救我於水深火熱」的一句話。這句話裡的 the day 不只是指一天，而是 my day 這種特定的日子。這是說成 You saved my life.「多虧你在才能得救」也不算誇張的日常用句。

無冠詞

無冠詞的 office 代表職業／工作

讓我們一起了解形容職業的無冠詞的 office 與指定場所的 the office 有什麼差異吧。如果弄錯的話，說不定會演變成辭職的事件唷。

看看哪裡不一樣！

He **left office**.

他辭職了。

office 有代表「辦公處／公司」這種場所的意思，也有代表「職業／工作」之意，而這種無冠詞的 office 代表「職業／工作」，所以説成 I leave office. 就有「辭職／辭掉工作」的意思，而 The new president took office yesterday. 則有「新總統昨天就任」的意思。

He **left the office**. (the)

他離開公司，回家了。

the office 代表的是「辦公處／公司」的地點，leave the office 則有「離開公司這個地點」➡「暫時離開公司或外出」或「今天已經下班了」的意思。若是要説「在公司跟別人碰面」這種形容地點的説法，請記得一定要加定冠詞的 the office。

深入理解！

學會「形容職業」的
無冠詞的說法

🔖 **My son went to sea.**

🔖 **My son went to the sea.** the

🔖 兒子出海當漁夫。

🔖 兒子去海岸。

一如無冠詞的 office 是「職業／工作」、the office 是「公司／辦公處」的意思，sea「海洋」也有相同的情況，定冠詞的有無會使意思產生變化。

無冠詞的 sea 代表職業／工作，go to sea 則有「上船／出海」的意思。The ship was lost at sea. 則代表「那艘船在航海時下落不明」的意思。

第二句的 the sea 則只是指海洋或海岸這種地點。順帶一提，船隻行經航海路線的說法是無冠詞的 by sea。

🔖 **went to sea**　　　　🔖 **went to the sea**

上船　　　　　　　　　　去海岸

非常實用！道地的一句話

He's out of town on business until next Friday.

他下個星期五出差。

be out of town 直譯是「離開社區」，但也有「出門／不在家」的意思。此時的社區與其說是實際的「社區」，不如說是暗指自己的棲身之地，所以才會沒有加上冠詞。on business 是「因為工作～」的詞彙，所以也有 He's on a business trip.「他出差中」的說法。此時 business 修飾的名詞 trip 為可數名詞，所以會加上 a。

快速記住的慣用語

Let's get down to business.

讓我們進入主題吧。

get down to ～有「打起精神／認真從事～」的意思，而此時的 business 指的不是工作，而是「個人的事情／案件」，意思可說是非常廣泛。由於這個 business 並不具體，所以不需加上冠詞。

5

無冠詞

無冠詞 + 地名有「～地區」的意思

除了表示特定地名之外,無冠詞的說法可表現「～地區」的意思。

看看哪裡不一樣！

I live in **southern England**.

我住在英國的南部。

說明居住地的時候，若是住在 Tokyo 或 London 這種世界聞名的都市，那大概很容易說明，但如果是住在不太為人所知的地點，那麼不妨說成南部或東部這種說法。方位都是獨一無二的，所以要加上 the (➡ P82)，但如果指的是不具體的地區，則不需要加上冠詞。

I live in **the southern part of England**.

the

我住在英國的南方 (不是北方)。

the 也有比較兩個東西的語氣 (➡ P78)。在這句例句之中，「南方」這個意思比「南部」還強烈，有一種還有別的地方可用來比較的語氣。

161

深入理解！

學會「形容～地區」的
無冠詞的說法

📎 **I live in western Japan.**

- -

📎 **I live in a western Japan.**

🔖 我住在西日本。

- -

🔖 我住在西日本之一的地區 (還有其他西日本)。

要說西日本或東日本這類地區，除了可說成 western ／ eastern part of ～這種無冠詞的說法，也可仿照第 1 句例句，說成 western Japan (西日本)。

另一方面，I live in a western Japan. 這種加上 a 的句子會被解讀成 one of many 的意思，代表日本有很多個 western Japan，也無法成為 「我住在西日本之一的地區 (還有很多個西日本)」這種意思的句子。 如果說成加了 the 的 I live in the western Japan. 則有「我住在 western Japan 這間旅館」的意思，請大家使用時務必注意。

📎 **western Japan**   📎 **a western Japan**

西日本

有好幾個西日本

162

非常實用！道地的一句話

Did you see the southern lights in Australia?

你有在澳洲看過南極極光嗎？

aurora 是「極光／曙光」的意思。雖然能欣賞到極光的地區極為有限，但相對於芬蘭的「北極極光」，在澳洲這種南半球國家看得到的極光稱為「南極極光」，此時通常不會説成 aurora，而是會説成 northern lights、southern lights 這種複數型。這句話裡的極光是 in Australia 的 southern lights，所以千萬不要忘記加上 the 喲。

用冠詞表達數量

a cube of sugar
一塊方糖

sugar 雖然是不可數名詞，但説成 a bag of sugar「1 包砂糖」這類説法就沒問題。此外，a cube of sugar「1 塊方糖」則是 three cubes of ～這種數量可數的説法。也有 a lump of sugar 的説法，但不像 a cube 明確指出立方體的感覺。

6

無冠詞

若場所就是本來的目的，就不需要加冠詞

學校、上課、大學、工作、海洋、街道、教會、醫院、家、床這類單字不只可解讀成建築物或地點，也可代表某種功能，而此時不需要加冠詞。

看看哪裡不一樣！

▶ I go to school. ⊗

我去學校(上課)。

或許有些人在剛開始學英文的時候，會覺得不加 a 或 the 的 school 有點奇怪，但這種無冠詞的 school 並非指建築物，而是在描述學校所具備的「學習」的這個目的。要表達「去上課在描述，而不是「去學校這個建築物」的時候，記得說成 go to school。

▶ I go to the school. (the)

我去學校(這個建築物／地點)。

go to the school 則是在表達「不是為了去上課而去學校（這個地點）」。例如參加學校活動的家長不是為了上課，而是因為別的目的而去「學校（這個建築物）」，所以要說成 the school。此外，leave school 是「退學」的意思，leave the school 則是「離開校區」的意思，由此可知，有沒有 the 會使整句話的意思改變。

深入理解！

學會「**表達本來目的**」的 無冠詞的說法

 He's in church. ⊗

 He's in the church. (the)

🔹 他在**教會**。

🔹 他在**教會**。

問他在哪裡的時候，可回答 He's in church. 或 He's in the church.，但兩個意思不同。無冠詞的 church 與 go to school 的 school 一樣，指的是去 church 的目的，也就是為了去參加禮拜而在教會。

但是 the church 則與參加禮拜沒關係，只代表他在教會而已，有可能只是去修屋頂，或者只是與別人約在那裡，總之是因為其他的目的待在教會這個建築物。這與 go to bed 的 bed 有「就寢」的意思類似。

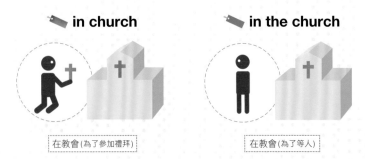

🔹 in church　　　　　　**🔹 in the church**

在教會(為了參加禮拜)　　　在教會(為了等人)

非常實用！道地的一句話

I graduated from the school of hard knocks.

我曾度過非常艱困的生活。

hard knocks 的意思是「困境／苦難／嚴苛的經驗」，school of hard knocks 指的不是「困境般的學校」而是「現實社會」或「體驗各種嚴苛生活的場合」。「從這種情況畢業」意即「曾體驗過各種嚴苛的生活／經驗」的意思。這裡的 hard knocks 都是複數型，也因為是「曾體驗的情景」，所以要說成具有特定意思的 the school。

快速記住的慣用語

He's a backseat driver.

明明與他無關，卻總愛插嘴。

a backseat driver「坐在後座的駕駛」乍看給人不知所云的感覺，但其實這句話的意思是指明明坐在後座卻一直「指揮司機」的人。換言之，明明是局外人，卻總是一直多嘴指揮的意思。當然，這裡要使用具有 one of many 意思的 a。

無冠詞

以無冠詞全面
代表該物質

砂糖、肉、咖啡這類不可數的物質名詞都不需要加冠詞。若以無冠詞的方式表達個人喜好，則可解讀成全盤喜歡或討厭。

看看哪裡不一樣！

I don't drink **coffee**.

我不喝咖啡。

所謂的物質名詞就是不具形狀或輪廓的東西，例如 air、wind 或是 coffee。說這句話的時候，說話者的腦中沒有特別想到哪款咖啡，而是所有的咖啡都不喝。這種情況下的咖啡不需要加冠詞，反之，如果說成 I like coffee. 則代表「喜歡 (所有) 咖啡」。

I don't drink **the coffee**.

我不喝 (這種牌子／種類的) 咖啡。

無冠詞的時候有「不管是哪種咖啡，我都不喝」的意思，但是加了 the 之後，就變成我不喝「這種牌子／種類的」咖啡的意思，有「我喝其他的咖啡，但這種的不愛喝」的語氣。看得出來加了 the 後，意思就完全改變了。

169

深入理解！

 學會「**全面表達某物質**」的
無冠詞的說法

🔖 **I don't eat** raw fish. ⊗

🔖 **I don't eat** the raw fish. (the)

🔖 我不吃生魚片。

🔖 我不吃這種生魚片。

fish 是集合名詞，無冠詞的 raw fish「生魚片」是一種總稱，而說出「我不吃生魚片」這句話的人，腦海裡沒想到特定的生魚片，是在說只要是生魚片，他就不吃的意思。

另一方面，the raw fish 則有「特定某種生魚片」的意思，例如會有「我雖然愛吃白肉魚的生魚片，但是銀皮類的生魚片就不吃」這類不是都不吃，只是不吃這種生魚片的意思。

🔖 **raw fish** 🔖 **a raw fish**

所有生魚片

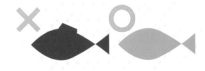

(白肉魚之類的) 特定的生魚片

非常實用！道地的一句話

I'm a coffee person.

我是咖啡狂熱者。

聽到「你還真是喜歡咖啡啊」這句話的時候，不妨回答 I'm a coffee person.「我是咖啡狂熱者」。a ～ person 有「～狂熱者／愛好者」的意思，形容的是自己一個人的事情，所以會加上 a。其他還有啤酒愛好者 a beer person、紅茶愛好者 a tea person 的說法。不過，愛吃甜點的話，不能說成 I'm a sweets person. 而是要說 I have a sweet tooth.，這裡的 tooth 指的不是「牙齒」，而是「飲食的偏好」。

用冠詞 表達數量

two cups of coffee

兩杯咖啡

裝在咖啡壺的咖啡、罐裝咖啡，雖然咖啡是不可數的，卻有 two cups of coffee 這種以杯數計量的說法。在咖啡廳或餐廳點咖啡的時候，說成 two coffees 也沒問題，此時的不可數名詞也變得可數了。

8

無冠詞

以無冠詞＋時間的句子表達從現在開始的時刻

提到以現在為起點的時間不需要冠詞，不過，當起點為過去或未來，就必須加上 the。

看看哪裡不一樣！

I'm leaving Taiwan **next week**.

我下週要離開台灣。

這是要告訴對方待辦事項或事物的時候，一定會用來表達時間的一句話。無冠詞的 next week 就是「下週」的意思，是以「現在」為起點的說法。代表時間的說法還有很多，例如 tomorrow、next year，而這些都是以「現在」為起點所說的「明天／明年」的詞彙。

I'm leaving Taiwan **the next week**.

我將在那天的下一週離開台灣。

the next week 則有「那個下週」的意思，由於是以「現在之外的某個時間點」為起點，所以起點不是現在，而是過去或未來。例如在離開台灣之前，要先結束工作，然後將工作結束的該時間點視為起點時，這句話就能用來指稱這個起點之後的下一週。

深入理解！ 進階應用

學會「表達時間」的
無冠詞的說法

✎ **I met him last night.** ⊗

✎ **I met him on the previous night.** (the)

✎ 昨晚我見到他。

✎ (那天的)前一晚我見到他。

我們在說明時間時，通常會以現在的時間為起點，所以 last night 指的就是「現在的前一晚」➡「昨晚」。

不過「前一晚」不一定非得以現在為起點，例如「我是在前兩天離開香港的，離開香港的前一晚跟他見面了」就是以過去為起點的「前一天」，所以要使用限定名詞的定冠詞，說成 on the previous night。

此外，若想說「五天後出發」，可說成 I'll leave in five days.，但如果想說距離未來某個時間的五天後，可說成 in the next five days，也就是加上 the next 這種以未來某個時間點為起點的說法。

✎ **last night**

起點

last night

現在

✎ **the previous night**

起點

the previous night

過去

非常實用！道地的一句話

Let's talk about it the next time（when）we meet.

下次見面再聊那件事吧。

在説 Let's talk about it next time.「下次再聊那件事」的時候，next time 是不需要加冠詞的，但例句的 next time「下次」已由 (when) we meet「我們見面的時候」指定，所以要加上定冠詞。此時的 the next time 有「下次我們見面的時候」的意思。

快速記住的慣用語

Those were the days.

昔日真是美好啊。

這是「那時候還真是～」這類緬懷過去美好的慣用句。此時的 the days 是 the golden days「光輝的日子」，是特定的「日子／時間」。雖然也有以此為歌名的歌曲，不過後續的歌詞是 We thought they'd never end.「我從未想過這些日子會結束」。

9

無冠詞

運動競賽的名詞
不需要加冠詞

運動是抽象名詞，雖然可以想像，卻沒有具體的樣貌，所以不需要加冠詞。遊戲也是一樣不需要冠詞。

唷？在做什麼啊？

The boy plays the baseball.
（在彈棒球啊）

The baseball…
棒球不是樂器吧？

我知道啊！

不是在彈棒球，而是在彈「baseball」這首自己做的貝斯曲子

……

聽起來還真複雜

看看哪裡不一樣！

▶ He plays **baseball**.

他打棒球。

與彈樂器 play the piano (➡ P110) 不同的是，即使使用 play，若後面是運動 (競賽名稱)，就不需要冠詞。與 piano 這種具有輪廓的名詞不同之處在於，棒球沒有具體輪廓，是一種模糊的概念，與 water、air、love、science 一樣，都是抽象名詞，所以不需要加冠詞。

▶ He plays **the baseball**.

他在彈一種（叫做）棒球的樂器。

由於抽象名詞不需加冠詞，所以不管是哪種運動，都不需要加冠詞。老外聽到 play the ～之後，即使後面接的是 baseball，也會自動理解成「是一種樂器？」，而且就算是與樂器無關的名詞，也會聽成相同的意思。

深入理解！

學會「表達某種運動」的無冠詞的說法

🔖 **Let's play ball.** ⊗

🔖 **Let's play with the ball.**

🔖 讓我們玩球吧。

🔖 讓我們用球來玩吧。

運動是不具實體的名詞，基本上不需要加冠詞。若想說他「從事～運動」可說成 He plays soccer ／ tennis ／ baseball.。play ball 的 ball 是玩某種球，換言之是球類運動，和其他的運動一樣不需要加冠詞。

另一方面，play with the ball「用球來玩」的 ball 則是指「球」本身，所以通常會加上定冠詞，說成 the ball。ball 代表各種球，a ball 則代表棒球、籃球或足球的球。不過若說成 the ball，此時的 ball 已被指定，代表說話者與聽話者之間已經知道是哪種球，或是已事先將該種球設定為話題。

🔖 **Let's play ball.**   🔖 **Let's play with the ball.**

球類運動

用球來玩

非常實用！道地的一句話

Let's play house.

讓我們來扮家家酒。

play 有「從事遊戲／競賽／演奏」的意思，除了 < play + the + 樂器 > 以及 < play + 無冠詞 + 競賽名稱 > 的說法之外，還有 play house「扮家家酒」這種說法。這裡的 house 暗指「家庭」，與 ice、rain 一樣是不具實體的名詞，所以不需要加冠詞。其他還有 play soldiers 這種「扮演軍人」的說法。

快速記住的慣用語

That was a waste of make-up.

徒勞無功。

waste 是「無濟於事／浪費」的意思，也是一種可數名詞。What a waste! 的意思是「怎麼這麼浪費！」，而 make-up 是「化妝」的意思。這句話表面上是說「浪費時間去化妝」，進一步引伸有「徒勞無功」之意。男女都能使用這句話喲。

179

10

無冠詞

有些名詞會因為無冠詞而改變意思

room 除了當成「房間」使用之外，若以無冠詞的方式使用，會出現沒有具體形狀的「空間」、「餘地」的意思。

凱特，訂間包廂吧

遵命！

我也要去

卡拉OK

Is there a room for 12 people?
（有 12 個人的包廂嗎？）

現在剛好有點客滿，可能得請您分成 2 個人與 10 個人的包廂

那就沒辦法了！
2 個人的包廂就讓給我跟凱特吧…

大家都去 10 個人的包廂就可以了

才差 2 個人，擠得進去啦

了解了，請您稍候

看看哪裡不一樣！

Is there **room** for two people?

有 2 個人的空間嗎？

無冠詞的 room 是不具實體的「空間／餘地」的意思，雖然這是在問有沒有兩人空間的句子，但是 room 除了有代表物理空間的意思，也有 There's still room for improvement.「尚有改善的餘地」這種概念上的空間或餘地的意思。

Is there a **room** for two people?

有雙人客房嗎？

具有實際形狀的 room「房間」是可數名詞，這句話並未指定房間，所以會說成 a room。He entered the room to talk to her boss.「為了見上司，他進入那間房間」的「那間房間」有限定的意思，所以要說成 the room。

181

深入理解！

學會「會改變名詞意義」的
無冠詞的說法

Do you have beef? ⊗

Do you have a beef?

有牛肉嗎？

有不滿嗎？

還有其他單字會像 room 一樣，會因為冠詞的有無而產生意思的改變，讓我們一起看看 beef 與 a beef 的差異有多麼不同吧。

去超市的時候，我們常常問 Do you have beef?「有牛肉嗎？」但是若問成 Do you have a beef? 恐怕對方會露出困惑的表情。a beef 是「不滿／抱怨／不平」的口語說法，若是一臉不滿地站在客訴窗口前，大概就會被問 You gat a beef?「您有什麼不滿意的嗎？」吧。此外，I have a beef with ～. 則有「對～不滿」的意思。

Do you have beef? **Do you have a beef?**

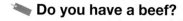

牛肉　　　　　　　　　　　　不滿

非常實用！道地的一句話

Is there still room for discussion? ⊗

還有討論的餘地嗎？

room 會因為冠詞的有無而改變意思，Do you have room for dessert? 代表「肚子還有空間裝甜點嗎？」的意思，而 Is there still room for discussion? 則是在問「還有討論的空間嗎？」與「可能實現的機會」。無冠詞的 room 不是指有具體輪廓的「房間」，而是指不具實體的「餘地」或「可能性」。

快速記住的慣用語

I missed the boat.

我錯過機會了。

直譯是「我錯過乘船時間」，但這裡說的船不只是船 (a boat)，而是 the boat that will take ～ to a wonderful place「能帶～去美好地方的船」的意思，換言之就是「錯過絕佳機會」的意思。

不加冠詞的名詞

除了專用名詞不加冠詞的基本規則之外，是將名詞看成集合體還是單體，都會影響要不要加冠詞。什麼詞彙可以不加冠詞呢？讓我們一起瞧瞧吧。

Asia	**Europe**
亞洲	歐洲
Taiwan	**Italy**
台灣	義大利
Thailand	**New York**
泰國	紐約
Nagoya City	**Tokyo Station**
名古屋市	東京車站
Fifth Avenue	**Mt. Fuji**
第五大道	富士山
Lake Biwa	**winter**
琵琶湖	冬天
Monday	**February**
星期一	二月
chemistry	**physical education**
化學	體育
Buddhism	**Christianity**
佛教	基督教

視為集合體之後，原本會加定冠詞的國名也不需要加冠詞。阿爾卑斯山山脈這種原本會加定冠詞 the 的山脈被視為單體之後，也不需要加冠詞。都市名稱、車站名稱、街道名稱、山腰名稱、湖泊名稱、星期、學科都不需要加冠詞。

PART 4
限定詞的使用規則

PART 4 要介紹 any、some、both、each、every、
either、neither 的用法。這類限定詞可強化你的英
文的表現能力喲。

1

具有否定語氣的
疑問句的 any

使用 any 與 some 的疑問句具有截然不同的印象，any 的疑問句會產生否定的
語氣。

看看哪裡不一樣！

▶ Do you have **any** money ?

你有錢嗎？(應該沒有吧)

應該有不少人在國中上英文課的時候
學過「some 要在肯定句使用，any
要在否定句或疑問句使用」這個規則
吧。不過，這個規則也有例外。這句
問句的意思雖然是「你有錢嗎？」，但
其實隱含著一邊問「有嗎？沒有嗎？」
一邊覺得「應該沒有吧」的語氣。

▶ Do you have **some** money ?

你有錢嗎？(應該有一點吧)

通常會在肯定句出現的 some 其實也
可用於疑問句或否定句。在疑問句使
用 some 的時候，是覺得對方會說
Yes，對於對方的回答有所期待的。
這時候的 some 與 any 不同，說話者
的內心是懷著「應該有一點吧？」的
想法。問別人 Would you like some
coffee?「來杯咖啡如何？」的時候，
是預設對方會回答 Yes. 的。

深入理解！ 進階應用

學會「否定語氣」的限定詞的說法

🔊 **Is there any mineral water in the fridge?**

🔊 **Is there some mineral water in the fridge?**

🔊 冰箱裡有礦泉水嗎？

🔊 冰箱裡有(一定程度的)礦泉水嗎？

問冰箱裡還有沒有水的時候，通常會使用 any，但如果問成 some mineral water，代表發問的人認為冰箱裡應該還有一些水，如果只剩一點點水，被問的人應該會回答 No.。

反觀 any mineral water 則是以「應該沒剩多少吧？」的心情在發問，所以只要還剩一點，被問的人就會回答 Yes, a little.。其他類似的例子還有使用 anyone／someone「誰？」問成 Is anyone available?／Is someone available?「誰有空？」的說法。以 someone 發問代表目前的狀態還算從容，以 anyone 發問代表現在已經是「不管是誰都好，希望有人幫忙」的緊急狀態。

🔊 **any mineral water**

🔊 **some mineral warter**

沒剩多少水

還剩一定程度的水

非常實用！道地的一句話

Is there something fun to do around here?
這邊有什麼好玩的嗎？

something fun 的意思是「有一些有趣的事」，去朋友家玩的時候，不妨用這句話問問看，朋友應該會覺得你很積極地想找一些樂子，但如果問成 Is there anything fun to do around here? 聽起來就會是「這邊沒什麼好玩的吧？」的負面語氣。

Quiz

(　) 裡該放入 some？還是 any？

Buy (　) book you want.
什麼都好，請買你想要的書。

聽到這句話的時候，想到的應該是書本的「數量」。如果沒有特別要說 1 本或 3 本這種數量，括號裡應該要放 some。some books 代表還沒決定要買幾本，但如果不需指定「數量」，而是「買什麼書都好」的情況，就可放入具有「什麼都沒關係」意思的 any。

[答案]：any

2 強調「什麼都可以／哪個都行」的 any

具有「什麼都可以」意思的 any 以及具有「在～之中的幾個」意思的 some 會讓接在後面的名詞的意思有所改變，讓我們一起看看哪裡不同吧。

看看哪裡不一樣！

▶ I like **any** Japanese movie.

只要是日本電影我都喜歡。

在肯定句使用 any 時，可利用「任何
事情／任何人」這種語氣強調後面的名
詞，而例句的意思是「只要是日本電影
我都喜歡」，與 I like all Japanese
movies. 的意思相同。要注意的是
any Japanese 一定是單數喲。

▶ I like **some** Japanese movies.

我也有喜歡的日本電影。

相對於「什麼都可以」的 any，some
有「有幾個／有一些」的意思，可用
於表達數量不明的人數或物品。此時
的 some 會接可數名詞，營造「有幾
個」的意思，而例句的意思是「我有
幾部喜歡的日本電影」➡「雖然不是
全都喜歡，但也有喜歡的日本電影」。

深入理解！

進階應用

 學會「什麼都可以／什麼都行」的限定詞的說法

Any engineer can make this.

Some engineers can make this.

任何一位工程師都辦得到。

在工程師之中，有些人辦得到。

I like any horror movie. 的 any 有強調後面名詞的功能，具有「什麼都可以」的意思。第一句的 any engineer 是「不管是什麼工程師」的意思，強調只要是工程師就辦得到。

反觀 some engineers 的 some 則有「有些」的意思。由於是數量不明的語氣，所以是 some engineers 有「幾位工程師」➡「在～之中，有些工程師」的意思。順帶一提，I don't like any horror movie. 是「只要是驚悚電影我都不喜歡」的全面否定句，與 I like no horror movies. 一樣，是帶有強烈否定語氣的句子。

 any engineer　　 **some engineer**

誰都辦得到　　　　　　　有些人辦得到

非常實用！道地的一句話

He's some guy.
他是很可靠的男人。

some 除了有代表數量的「幾個」，也有讓後續的名詞變得曖昧的「某個」的意思外，還有「難得的／了不起的」的意思。例如，He's some doctor. 是「他是位難得的醫師」的意思，He's something. 則有「他是個了不起的人物」的意思。此外，That's something. 這種用來形容「物品」的說法，則有「那是件很不得了的事／厲害的事」的意思。

Quiz

（ ）裡該放入 some ？還是 any ？

He lives in （ ） place in Setagaya.
他住在世田谷的某處。

有時需要讓資訊變得模糊一點，或是無法明確地回答對方的問題。some 有讓後面的詞彙變得「曖昧／模糊」的功能。要注意的是，此時接在 some 的名詞是單數，不是複數。in some book 則有「在一些書裡」的意思。

世田谷

[答案]：some

3 在 if 子句了解「某個」事情的 some

利用 if 表達「如果～的話」的條件時，如果該條件成立的可能性較高就使用 some，如果較低就使用 any。

看看哪裡不一樣！

If you need **some** help, please let us know.

如果有需要一些協助，請務必通知我們。

條件子句 (if 子句) 若出現 some，代表前提是「如果有必要協助的話」，而這句話沒有積極的語氣，只是一般的對話，與 If you have some questions, don't hesitate to ask me.「有什麼問題的話，請儘管提出」這句話一樣，都是當成一般的詞彙使用。

If you need **any** help, please let us know.

不管是多麼小的事情，只要有需要，儘管提出來。

條件子句 (if 子句) 的 any 有「什麼都行／一點點也行」的意思，與 some 相較之下，需要協助的可能非常低，但說話者的話裡有「不管是多麼小的事情，只要有需要，儘管提出來」這種積極的語氣。

深入理解！ 進階應用

學會「表達前提條件」的
限定詞的說法

🏷 **If you have some sense (of what he likes), you won't say that.**

🏷 **If you have any sense, you won't say that.**

🏷 如果你懂(他喜歡什麼的話)，你不會這樣說。

🏷 如果你懂好壞，你不會這樣說。

使用 if 子句「如果～的話」的時候，說話者會隨著心情選擇要使用 some 還是 any。如果只是提出條件可使用 some。此外，即使都是 have sense，have some sense 的意思是「了解」，所以 have some sense of ～也是較一般的說法，所以 If you have some sense of what he likes…「如果你懂他喜歡什麼的話」這句話沒什麼特別意思，只是單純地提出條件。

反觀另一句使用 any 的 If you have any sense「如果你懂好壞的話」，則有「你根本什麼都不懂」這種責備的語氣。

🏷 **if you have some sense**　　🏷 **if you have any sense**

沒有特別意思　　　　　責備的語氣

非常實用！道地的一句話

Some are, some aren't.

因人而異。

直譯是「有人是，有人不是」。在聽到 It seems like all lawyers are liars.
「律師都是騙子」的言論時，可回答 Well, some are (liars), some aren't
(liars).「有的是騙子，有的不是騙子」➡「因人而異／每個人做法不
同」。這是用來陳述中立意見時的一句話。

快速記住的慣用語

kind of...
就那樣／有點…

意思為「種類」的 kind 説成 kind of 之
後，就有「就那樣／有點…」這類避免
過於武斷，讓發言趨於模糊的功能。被
問到 Are you busy？的話，回答 Kind
of. 就能營造「就那樣／有點」的語氣。
也有 I'm kind of busy this week.「我這
週有點忙」的説法。

4 代表「兩邊都是〜」的 both

要將兩個東西擺在一起說的時候，可說成 both A and B。這種說法有「A 與 B 都是」、「除了 A 還有 B 也」的意思。

看看哪裡不一樣！

Both Mike and I have to go.

麥麥跟我兩個人都得去。

both 有「兩者／雙方」的意思，both A and B 有「A 與 B 雙方都」的意思，也因為是複數，所以動詞也要跟著改變。both A and B 不只能當成主詞使用，還能像 He both speaks Spanish and plays the cello.「他會說西班牙語，又會拉大提琴」這樣套在動詞上。

Both Mike and I don't have to go.

沒必要麥麥跟我兩個人都去。

否定句的 both 有「沒必要雙方都去」的部分否定語氣，也就是「只有一方要去」的意思，反過來說，只要麥麥或我其中一個去就夠了。He can't speak both English and Spanish. 則是「他沒有同時懂英文與西班牙文」➡「他只會說其中一種」的意思。

深入理解！

學會「表達兩方都是」的
限定詞的說法

🔊 **Both** of my brothers are alive.

🔊 My brothers are **both** alive.

🔊 我的兩個兄弟**都**還活著。

🔊 我唯二的兩個兄弟**都**還活著。

隨著 both 修飾的詞彙不同，句子的語氣也會改變。例如上述這兩句話都是在問兄弟的狀況或平安，但是 both of my brothers…「我的兄弟其中兩個都…」有將重點放在兄弟，「發問的人覺得某一個兄弟死掉了」的意思。

反觀在…both alive 的句子之中，both 修飾的是 alive，所以有強調「兩個人都活著」的意思，所以此時有「發問的人覺得兄弟兩個都死了」的語氣。

此外，both of my brothers 比較正式，both my brothers 比較口語。

🔊 **both of my brothers**

發問者認為其中一位兄弟死掉了

🔊 **both alive**

發問者認為兩位兄弟都死掉了

非常實用！道地的一句話

He's burning the candle at both ends.

他忙得蠟燭兩頭燒。

直譯是「蠟燭兩頭（both ends）燒」。蠟燭要是真的兩頭燒會有什麼結果？當然是一下子就燒盡。換言之，就是「一下子就燃燒殆盡般操勞／太過勉強自己」的意思，也可用來形容拼命與認真的身影。順帶一提，burn the midnight oil「挑燈夜戰」則有「熬夜工作／讀書」的意思。

Quiz

下列哪一句是「兩位都是優秀的學生」？

A　Both them are outstanding students.
B　Both of them are outstanding students.

這是該怎麼使用 both 表達「～雙方都是」的問題。Both my friends 這種普通名詞的情況不需加 of，但是若換成代名詞，both them 就顯得不太自然。不過，若是換成受格，說成 I love them both.「我兩個人都喜歡」這類顛倒語順的話法就沒問題。

[答案]：B

201

5

限定詞

將兩個以上的東西分開看待時的 each

將兩個以上的東西分開看待的 each，以及將 3 個以上的東西當成一個整體看待的 every 具有不同的語氣，讓我們一起注意兩者的差異吧。

看看哪裡不一樣！

Each member of the group has his or her special skill.

團隊的每個成員都有特殊能力。

each 可在個別陳述兩個以上的東西時使用。此時指的是團隊之中的「每個人」，所以是單數型，動詞也得使用 has。Each room has own bathroom and toilet. 是「每個房間都有廁所與浴室」的意思。each 有個別的意思，所以不會解讀成「整體」。

Every member of the group has his or her special skill.

團體的所有成員都有特殊能力。

every 可將三個以上的東西視為單一整體，是以「毫無遺漏／一個不少」的意思表達「每個成員」。此外，every 也是單數型的用法，所以就算成員有 100 位，動詞還是單數的 has。Every word in his speech was very moving. 則有「他的每一句話都令人感動」的意思。

深入理解！ 進階應用

學會「分別看待兩個以上的東西」的限定詞的說法

📑 **There's a meeting each day of the week.**

📑 **There's a meeting every day of the week.**

📑 一週裡的每一天都要開會。

📑 一週裡的每天都要開會。

對我們來說，each day 與 every day 是非常難釐清的，each day 的感覺是每一天都分開的，但是 every day 的感覺是每一天都連在一起。each day of the week 的意思是這週的每一天，換言之是星期一有星期一的會議，星期二有星期二的會議，是一種嚴謹的行程，但是 every day of th week 則有「(幾乎)每天」這種比較大而化之的感覺。

同理可證，She has a job for each day of the week. 的意思是她今天是打這份工，明天又是打另一份工，每天都有不同的工作，而 She has to work for every day of the week. 的意思雖然是「她每天都得工作」，但嚴格來說，這裡說的每天並非真正的每「一」天。

📑 **each day of the week**

重點是每一天

📑 **every day of the week**

大而化之的每天

非常實用！道地的一句話

We have to check each and every file.

我們得鉅細靡遺地確認每一個檔案。

each and every 的意思是「鉅細靡遺」，而 each and every file 就是「每一個檔案」的意思。說得白話一點，例句就是強調 We have to check all these files.「我們得檢查所有檔案」這個意思的說法。each 與 every 都是搭配單數的名詞，所以要記得使用單數形的 file。

Quiz

「his or her」以一個單字代表的話會是哪一個？

A our
B their

現在的英語世界有弭平性別差異的傾向，every ～ 的所有格 his 或 her 帶有傾向某個性別的意思，而目前的英語世界正在排除這點。所以，就算是第三人稱單數，也能使用複數的所有格。此時使用 their 是比較適當的。

[答案]：B

6

限定詞

在否定句之中表達部分否定的 every

部分否定與全面否定的說法很容易搞混，every ～ not 為部分否定，all ～ not… 則為全面否定。

看看哪裡不一樣！

▶ Every man can't be a superhero.

怎麼可能每個人都成為超級英雄。

這句話與 Not every man can be a superhero. 一樣，都是「有些人可以成為超級英雄，有些人不行，不是每個人都能成為超級英雄」的意思。I don't know everyone in this room. 則是「我不認識這個房間裡的每個人」的意思。

▶ All men can't be superheroes.

所有的人都無法成為超級英雄。

這句話的意思是「所有人都無法成為超級英雄」，是全面否定的說法，與剛剛有的人可以成為超級英雄，有的人不行的意思完全不同，是全面否定的意思。all 是複數用法，所以 man 和 superhero 也要改成複數型態，改用 men 和 superheros。

207

深入理解！進階應用

學會「表達全部」的 限定詞的說法

🔖 **Every employee knows this.**

🔖 **All the employees know this.**

🔖 每個工作人員都知道這件事。

🔖 所有工作人員都知道這件事。

「你不知道這件事嗎？」的意思其實是「每個工作人員都知道這件事嘍」，而要表達這種語氣時，可說成 Every employee knows this.，這是強調「每個人」的說法，如果想說成「(所有的工作人員)每個人都知道嘍」這種最中立的說法，可說成 All the employees know this.。

若要將上述兩句話改成否定句，可說成 Every employee doesn't know this.「不是所有工作人員都知道這件事」這種部分否定，以及 All the employees don't know this.「所有工作人員都不知道這件事」這種全面否定。對老外來說，較自然的英語是 None of the employees know this.，意思是「沒有工作人員知道這件事」。

🔖 **every employee**

強調每個人

🔖 **all the employees**

強調每個人形成的群體

208

非常實用！道地的一句話

Everybody's business is nobody's business.

共同責任就是不負責任。

直譯是「大家的工作就是沒有人的工作」。這句話的意思是假設不設定負責任的人，只設定成所有人的共同責任，那麼最後就不會有人負責。business 是能於各種情況應用的單字，而且意思不只有「工作」，如果說成 My business is none of your business. 則有「這是我個人的事，與你無關」的意思，換言之 business 指的是「～個人的事情／與～有關的事情」。

a gust of wind

一陣寒風

誰都感受過，但沒有人親眼看過的抽象名詞就是 wind。大家應該都有突然被強風掃過的經驗吧，此時的確會覺得風的單位是一陣。使用 gust「突然噴發」的 a gust of ～可用來代表風的單位。如果想說成二陣風，那麼可說 two gusts of wind。

7

限定詞

代表兩個其中之一的 either A or B

想說其中一個的時候，可使用 either A or B ～「A 或 B 的其中之一」，如果要否定雙方的話，可說成 neither A nor B。

看看哪裡不一樣！

Either A or B is going to be transferred to Thailand.

A 或 B 其中一人要外派泰國。

either 是兩者「其中之一」的意思。either A or B 則是「A 或 B 其中之一」，而動詞會配合最接近的主語 (以例句來說是 B) 變化。He's sure to become either a great academic or a Cabinet minister. 則有「他將來不是博士就是大臣」的意思。

Neither A nor B is going to be transferred to Thailand.

A 或 B 都不會外派泰國。

neither 則是「兩者都不會」的否定說法，neither A nor B 有「不管 A 還 B 都不會～」的意思，動詞會搭配最接近的主語 (以例句來說是 B) 變化。Neither you nor I need to take responsibility. 則是「不管是他還是我 (任何一方) 都不需要負責」。

深入理解！ 進階應用

 學會「**並列兩者**」的
限定詞的說法

🖊 **Either will do.**

🖊 **Neither will do.**

🖊 哪邊都好。

🖊 哪邊都不好。

either 有在兩個東西之中「其中一個／任何一個」的意思，而且當然是當成單數使用，而作為對照的 neither 則有兩個東西之中，「任何一邊都不～」的否定意思，也是當成單數使用。

Either will do. 的 will do 有「派上用場／運作」的意思，所以整句的意思是「哪邊都好」，而 Neither will do. 則剛好相反，是「哪邊都不好，哪邊都不行」的意思。

neither 有時會與 both 成對使用。Both of your reasons are understandable. 是「你的理由我都能理解」的意思。相對的，Neither of your reasons are understandable. 則是「你的理由我都無法理解」，而且是以複數的方式使用。

🖊 **Either will do.**

哪邊都好

🖊 **Neither will do.**

哪邊都不好

非常實用！道地的一句話

Either you have it or you don't.

這不是學了就會的東西。

直譯是「你原本就有那個還是沒有那個」，這句話是「這是那個人特有的才能，不是誰學了就會的東西」的意思。這是在談論誰有才能或能力時使用的詞彙。it 並未具體指稱事物，只是在說那個人與生俱來的天賦而已。

Quiz

（　）裡該放入 am？還是 are？

Neither he nor I（　）to blame.
他與我都不該被譴責。

主語有兩個以上的時候，有時會讓人不知道該使用哪種動詞吧。如果是 He and I are to blame.「他與我都該被譴責」的話，則因為主語是 1＋1，所以要選擇 are 這個 be 動詞，可是 neither A nor B 的話，動詞必須配合 nor 後面的主語，所以 am 才是正確答案。

［答案］：am

8

可用於動詞的
neither A nor B

可用於動詞的 neither A nor B 可否定並列的兩樣事物，可在「A 與 B 都沒做」、「雙方都不做」的時候使用。

為什麼要外派都不告訴我？

啊？
是那件事啊！

是田中要外派啊

Yamada neither eats spicy food nor likes hot places.
『(山田既不吃辣，也很怕熱)
所以不適合派去泰國吧』

部長對我說

!?

而且我怎麼可能放下凱特，
一個人離開呢

抓緊

翔太…

抓緊

親一個親一個

喂，你們快滾啦！

看看哪裡不一樣！

He **neither eats** spicy food **nor likes** hot places.

他不能吃辣，又很怕熱。

neither 寫 成 < Neither A nor B + 動詞」的格式時，可賦予兩邊主詞否定的意思，若加的是受詞，就能否定兩邊的受詞。例句這種加上動詞的情況可營造「A 與 B 都不做」的意思，同時否定兩邊的動詞。舉例來說，I can neither run and hide. 就是「我不逃也不躲」的意思。

He **either eats** spicy food **or likes** hot places.

他喜歡吃辣或是喜歡炎熱的地方。

具有兩者擇一意思的 either 若是以 < either A or B… > 的格式使用，而 A 與 B 為動詞時，就有「會做 A 或 B 其中一件事，另一件不做」的意思，例如 He either called or e-mailed his boss. 則有「打電話或寫 E-mail 給上司」的意思。

深入理解！

學會「並列兩個動詞」的限定詞的說法

🖊 **Either take a seat in the front or stand in the back.**

🖊 **Neither take a seat in the front nor stand in the back.**

🖊 請坐在前面的位子或是站在後面。

🖊 請別坐在前面的位子，也別站在後面。

這兩句話分別是 take a seat in the front「坐在前面的位子」或 stand in the back「站在後面」兩種動作「擇一」或「都別做」的句子。

像這樣並列動詞時，可採用 < either / neither + 動詞 > 的順序。要並列主語時，可採用 < either / neither + 名詞 > 的順序。Let's either say yes or no. (Let's say either yes or no.) 則是「一起說 yes 或 no 吧」 ➡「別再模稜兩可」的慣用句。此外，若說成 Let's neither say yes nor no. (Let's say neither yes nor no.) 則是「別再說 yes 與 no」 ➡「讓事情變得模稜兩可吧」的意思。

either take or stand

坐著或站著都可以

neither take nor stand

坐著與站著都不行

非常實用！道地的一句話

I won't go either.

我也不去啊。

一如 I will go.「我會去啊」、I will go too.「我也會去」的 too 是用在肯定句的「～也」，而否定句的「我也不會去」則可說成 I won't go either.。要表達否定的時候可用 either 代替 too，也能說成 Me neither.。此外，老外常以 Neither will I (go). 表達否定。一起記住 neither = not either 的規則吧。

快速記住的慣用語

She has an eye for quality.

她很注重品質。

eye「眼睛」也有「眼光／觀察力」的意思。have an eye for 則有「眼光銳利／審查嚴格」的意思。have no eye for～則是「沒有鑑識～的能力」。give ～ the eye 則是「對～投以特別的眼神」➡「拋媚眼／投以熱情的視線」的意思。

使用冠詞的慣用句

使用英文時，若能多了解一些慣用句，那可是便利多多。慣用句就是以簡單的詞彙組合的句子，在多數情況下會當成副詞使用，用來修飾整個句子或是動詞。

有些慣用句會使用「不定冠詞」、「定冠詞」或「無冠詞」，下面這些句子則是很常見的慣用句。若能在會話之中慢慢記住，慢慢地熟悉，就能憑感覺了解這些慣用句的用法。

使用不定冠詞的慣用句

at a glance	at a loss
瞥一眼／只看一眼	走投無路
as a result	from a distance
就結果而言	從遠方
all of a sudden	once in a blue moon
出乎意料／突然	很少～
in a minute	by an inch
立刻	以些微差距
after a while	for a long time
等一會兒	一段期間
as a rule	as a matter of fact
一般來說／總括而論	老實說
to a certain degree	in a hurry
到某種程度	趕快

使用定冠詞的慣用句

in the morning	**in the afternoon**
早上	下午
by the way	**to the end**
順帶一提	直到最後
on the spot	**on the contrary**
當場／隨即	相反的
on the other hand	**in the distance**
另一方面	有段距離
on the house	**in the mood**
(主辦方／店家)請客	想做～的心情
on the hour	**within the hour**
準時(～剛好在時間點上)	一小時之內
on the road	**in the way**
出差中／在路邊生活	擋路

使用無冠詞的慣用句

side by side	**case by case**
並列／相鄰	就個案而論／個別來看
from hand to mouth	**from morning untill night**
一整天	從早到晚
on purpose	**at night**
故意的	在晚上
in fact	**day by day**
實情是／事實是	一天過一天／每天
hand in hand	**face to face**
手牽手	面對面

因為冠詞而意思改變的詞彙

有些名詞會因為冠詞的種類而改變意思，接下來就為大家介紹一些具代表性的名詞。本書介紹的例句都寫在參考頁面。

beauty 美麗	a beauty 美人

● I like your sense of beauty.
■ She's a beauty, but she's not very polite.

- -

● 我喜歡你的美感。
■ 她是美女，但不太有禮貌。

change 零錢	a change 變化

● I can make change for you.
■ I can make a design change.

- -

● 我把零錢給你。
■ (設計)可以變更。

class 課程	the class 班級

● He's in class right now.
■ He's talking to the class right now.

- -

● 他在上課。
■ 他正在跟班上的人說話。

glass
玻璃

a glass
杯子

- This doll is made of glass.
- Bring me a glass of water.

- 這個人偶是玻璃做的。
- 請拿一杯水給我。

in a way
某種意思

in the way
擋路

- He's a good teacher in a way.
- He gets in the way.

P72

- 就某種意思而言，他是好老師。
- 他擋住我的路了。

life
生命

a life
一個人的生命

- I'm always surprised by the mysteries of life.
- This medicine has never saved a life.

- 我總是為了生命的神祕而感到驚奇。
- 這款藥到目前為止沒救過半條命。

lunch
午餐

a lunch
午餐聚會 (特別的午餐)

- Let's have lunch.
- Let's have a lunch.

P44

- 一起吃午餐吧。
- 一起午餐聚會吧。

medicine
醫學

a medicine
一種藥

- He's taking courses in medicine.
- There's a medicine for headache.

- 他正在接受醫學的課程。
- 有頭痛藥。

mother
母親

the mother
母愛

- She's a mother to everyone.
- The mother in her arose when she saw the children.

P130

- 她對每個人而言,就像是母親一樣。
- 看到小孩,她心中的母愛就湧現。

paper
紙

a paper
報紙

- Bring me paper.
- Bring me a paper.

P40

- 拿紙過來。
- 拿報紙過來。

right
正確

a right
權利

- That's right!
- That's a right!

- 就是這麼一回事!
- 這是權利!

room
餘地／空間

a room
房間

- Is there room for two people?
- Is there a room for two people?

P180

- 還有兩人空間嗎？
- 還有兩人客房嗎？

---

go to sea
上船

go to the sea
去海邊

- My son went to sea.
- My son went to the sea.

P158

- 兒子上船了。
- 兒子去海岸。

---

speech
語言能力

a speech
演講

- Speech is an important skill.
- He gave a long speech.

- 語言能力是很重要的技術。
- 他的演講很冗長。

---

work
工作

a work
一個作品

- He's at work now.
- This is a work painted by Picasso.

- 他正在工作。
- 這是畢卡索的畫(作品)。

漫畫圖解英語通--冠詞用法超速成！

作　　者：David Thayne
譯　　者：許郁文
企劃編輯：王建賀
文字編輯：王雅雯
設計裝幀：張寶莉
發 行 人：廖文良

發 行 所：碁峰資訊股份有限公司
地　　址：台北市南港區三重路 66 號 7 樓之 6
電　　話：(02)2788-2408
傳　　真：(02)8192-4433
網　　站：www.gotop.com.tw
書　　號：ALE002300
版　　次：2018 年 10 月初版
建議售價：NT$280

授權聲明：ネイティブはこう使う! マンガでわかる冠詞
（Native ha kou tsukau! manga de wakaru kanshi）
Copyright © 2015 David Thayne
Chinese translation rights in complex characters arranged with
Seito-sha Co., Ltd.
through Japan UNI Agency, Inc., Tokyo
Complex Chinese Copyright © 2018 by GOTOP INFORMATION
INC.

讀者服務

● 感謝您購買碁峰圖書，如果您對
本書的內容或表達上有不清楚的
地方或其他建議，請至碁峰網站：
「聯絡我們」\「圖書問題」留下
您所購買之書籍及問題。(請註明
購買書籍之書號及書名，以及問
題頁數，以便能儘快為您處理)
http://www.gotop.com.tw

● 售後服務僅限書籍本身內容，若是
軟、硬體問題，請您直接與軟、硬體
廠商聯絡。

● 若於購買書籍後發現有破損、缺頁、
裝訂錯誤之問題，請直接將書寄回
更換，並註明您的姓名、連絡電話
及地址，將有專人與您連絡補寄商
品。

● 歡迎至碁峰購物網
http://shopping.gotop.com.tw
選購所需產品。

國家圖書館出版品預行編目資料

漫畫圖解英語通：冠詞用法超速成！/
David Thayne 原著；許郁文譯. -- 初
版. -- 臺北市：碁峰資訊, 2018.10
面 ; 公分
ISBN 978-986-476-923-0(平裝)
1.英語 2.冠詞 3.漫畫
805.1628 107015779